W0196621

Till Burgwächter
Hardy Crueger

Braunschweig'sche Weihnacht

Till Burgwächter
Hardy Crueger

Braunschweig'sche Weihnacht

Till Burgwächter und Hardy Crueger
Braunschweig'sche Weihnacht

Umschlaggestaltung und Cartoons: Karsten Weyershausen
Vorwort: Peter Schanz
Satz und Layout: Andreas Reiffer
Lektorat: Manja Oelze

1. Auflage 2019
© Verlag Andreas Reiffer

ISBN 978-3-945715-56-7 (Print)
ISBN 978-3-945715-84-0 (E-Book)

Verlag Andreas Reiffer, Hauptstr. 16 b, D-38527 Meine
www.verlag-reiffer.de
www.facebook.com/verlagreiffer

» Die meisten Leute feiern Weihnachten,
weil die meisten Leute Weihnachten feiern. «

Kurt Tucholsky

Inhalt

TB: Till Burgwächter
HC: Hardy Crueger

Bevorwortung

von Peter Schanz

Wenn es für irgendein Genre nun wirklich keines einführenden Vorwortes bedarf, dann für dieses. Schließlich ist nichts häufiger erzählt und besungen worden als jene Geschichte von der Geburt in einem zugigen Stall, die sich vor gut 2025 Jahren ereignete, die man vor etwa 1950 Jahren zu feiern begann – und somit vor etwa 1160 Jahren zwangsläufig auch in Braunschweig. Auch wenn es erst seit knapp 850 Jahren einen Namen dafür gibt: Weihnachten. Und seit die Weihnachtsgeschichte gefeiert wird, wurden und werden unzählige weitere Geschichten über die Arten und Weisen des Feierns dieser Geschichte erzählt.

Nun mag man sich darüber wundern, wie eine Religion zur Weltmacht aufsteigen konnte, die alle Jahre wieder am gleichen Tag die Geburt ihres Stifters feiert, dessen Todestag jedoch jedes Jahr an einem anderen Tag begeht. Eine Religion, deren Urvater ewiger Sohn ist und einige Jahre vor seiner Geburt zur Welt kam, und die heute ihre offensichtlich irgendwann allen Religionen innewohnende fundamentalistische Phase zwar endlich überwunden zu haben scheint, dafür sich aber im Stadium ihrer eigenen Verdunstung befindet. Paradoxer Weise erreicht die Weihnachtsgeschichte gleichzeitig ein immer noch höheres Globalisierungs-Level, was gewiss auch daran liegt, dass die christliche Welt mit der kapitalistischen nicht mehr deckungsgleich ist. Wenn also in China fabrizierter Xmas-Nippes für südostniedersächsische Weihnachtsmärkte über internationale Gewässer verschifft wird, fließt dabei viel Geld. Kein Wunder: in Betlehem haben schon vor Christi Geburt die Lobbyisten des Hotel- und Gaststättengewerbes die Kommerzialisierung von Weihnachten erfunden und damit auch gleich die Geburt der Weihnachtsliteratur aus dem Geist der Konsumkritik verursacht. Sie ist damit genauso alt wie die urchristliche Solidarität mit den Mühseligen und Beladenen. Und das ist das ungeheuer Tröstliche an der Braunschweig'schen Weihnacht der apokryphen Evangelisten Till Burgwäch-

ter und Hardy Crueger: sie gewähren den Ausgestoße-
nen, Geschundenen und Abgehängten einen wärmenden
Hauch von Weihnachtsliebe, auch wenn der eisige Atem
des Sensenmannes schon durchs Schlüsselloch bläst. Und
dabei machen sie zu unserer Freude das Fest der anrüh-
renden Stall-Geburt in dieser unserer Stadt ganz konkret
dingfest: in der Mandelmeier-Schlange, die vom Landes-
museum bis zu Al Duomo, dem Italiener im Deutschen
Haus, reicht; im Seniorenheim Haus Wilhelmsgarten in
der Neuen Knochenhauer; im Hermann-Löns-Park der
Südstadt, überall.

Oh Du fröhliche Barmherzigkeit unter den Okerbrü-
cken!

Weihnachten in Braunschweig

Gerade noch tropft einem vom letzten Ausflug ins Kennelbad diese Mischung aus schmierigen Seealgen und Kinderpipi aus der Badehose, da dräut am Horizont auch schon ein adipöser Rentner mit extravaganter Gesichtsbehaarung mit dem behandschuhten Zeigefinger. »Mir sind all deine Verfehlungen bekannt, die du letztes Jahr begangen hast«, dröhnt das Männchen und droht unverhohlen mit Geschenkentzug. Nein, wir sprechen hier nicht vom örtlichen Beichtvater oder einem Computerhacker, der auf fremden Festplatten nach peinlichen Website-Besuchen fahndet, um seine Opfer anschließend zu erpressen. Es ist einfach nur Weihnachten. Wie jedes Jahr völlig überraschend, dafür aber mit der vollen Härte eines Naturgesetzes. In der niedersächsischen Wichtelstadt Braunschweig sieht das dann ungefähr so aus:

Irgendwann Mitte November, die Temperaturen betragen ungefähr 18 Grad plus, beginnt es rund um den Dom hektisch zu werden. Etwaige Aufbauten, die andere Veranstaltungen bewerben, wie zum Beispiel Plastikdinosaurier, Plakate für Zirkusaufführungen oder die letzten Überreste einer Open-Air-Bühne für grundsätzlich im Regen stattfindende Opernveranstaltungen werden beiseitegeschafft, um Platz für Buden zu schaffen. Denn Buden müssen an Weihnachten in Braunschweig sein, möglichst eng beieinanderstehend. Dabei ist es völlig egal, was in diesen Buden später angeboten wird, ob vegetarisch produzierte Brühwürste vom Pferd, mundgeblasene Aschenbecher aus Neuerkerode oder Marzipanbrocken, mit denen man den Nachbarshund erschlagen kann. Wichtig ist nur, dass da Buden stehen. Die locken den Braunschweiger nämlich an wie Motten das Licht. Seitdem es in dieser Stadt nicht mal mehr einen professionellen Fußballverein gibt, flüchtet sich der Ostniedersachse bevorzugt in den Alkohol, wenn gerade kein Wolters zur Hand ist gerne auch warm und mit Gewürznelken versetzt. Da stehen sie dann alle, die Beamten der Stadtverwaltung, die Freiwillige Feuerwehr Lehndorf, die Kegelbrüder vom Verein »Schwarze Pumpe Ebertallee«, schütten sich den labberigen Rotweinverschnitt aus

Ländern der EU in den Wirsing und erklären den Umstehenden ungefragt die Welt, während ihnen im Rücken von langfingrigen Scheinselbständigen die Geldbörsen aus den Taschen gemopst werden. Seit ein paar Jahren gehören auch noch schwer bewaffnete Polizisten zum Bild dazu, die kümmern sich aber nicht um Taschendiebe, sondern um Rucksackbomber und mit Sprengstoff beladene Drohnen, die die friedliche Weihnachtsstimmung doch nachhaltig stören könnten. Im Schwarzwaldstüberl, der vielleicht bekanntesten Bude unter allen, würde man von so einem Anschlag wahrscheinlich gar nichts bemerken, was einerseits an der Lautstärke und andererseits am Pegel der dort verkehrenden Promillesammler liegt. Hmm, weißer Glühwein mit in Bacardi eingelegten Kirschen. Noch ein Schluck Rum aus dem mitgebrachten Flachmann obendrauf, dann flutscht sogar so ein Teufelsgebräu die Kehle runter wie ein Schlitten den Nussberg. Also damals, vor der Klimaerwärmung. Was soll's, ne Tüte mit gebrannten Mandeln nehmen alle gerne noch mit, vergessen selbige dann aber für zwei Wochen in der Jackentasche und wundern sich irgendwann, warum die Waschmaschine plötzlich klingt wie Opa Heinrich kurz vor seinem finalen Herzanfall.

Apropos, ein paar Meter weiter versammeln sich die, die mit dem ersten Feierabendschluck bis 17 Uhr warten können, hinter einer Schlossfassade, um noch schnell ein paar Geschenke zu shoppen. Auf mehreren Ebenen schubsen sich hier Männer, Frauen und Teenager von Geschäft zu Geschäft, weil es in den überdachten Arkaden

nicht reinregnet oder windet. Dafür steht die abgestande-
ne Luft wie eine Eins, spätestens Anfang Dezember beträgt
die Innentemperatur gefühlte 39 Grad, und es riecht de-
zent nach Pumakäfig. Aber es ist ja so schön praktisch so
viele Geschäfte unter einem Dach vorzufinden. Bei Saturn
kriegt das Schwesterherz ein neues Notebook, Mutti sahnt
ein glitzerndes Armband von Swarovski ab und Vaddern
bekommt einen von Hand abgefüllten Whiskey von dem
niemand weiß, ob in dem riesigen Glasbehälter nicht doch
die Hausmarke von Aldi vor sich hin gluckert. Für Opa
reicht, seitdem seine Demenz so schlimm geworden ist,
eine eingewickelte Apotheken-Umschau, aber selbst die
gibt es in Braunschweigs schönstem Konsumtempel. Beim
zentralen Einpackservice des Hauses sollte man dank des
Andranges allerdings ein bisschen Zeit und ein gutes Buch
mitbringen. Im Zweifelsfall einfach nach Geschenken suchen, die auch an Ostern funktionieren.

Wer sich nach vierstündiger Shoppingtour wieder
nach draußen gekämpft hat, hat sich den Glühwein auf
dem Weihnachtsmarkt jedenfalls redlich verdient. Und
das Portemonnaie kann ruhig geklaut werden, ist ja eh
nichts mehr drin. Zu Hause angekommen wird noch
schnell ein Blick in die Braunschweiger Zeitung geworfen. Das einzige relevante Presseerzeugnis der Löwenstadt passt sich der besinnlichen Zeit Jahr für Jahr mit
Freuden an und degradiert Kriege, Hungersnöte und
Naturkatastrophen temporär zu Nebensächlichkeiten.
Dafür wird seitenweise über andere wichtige Dinge be-
richtet: »Kinderchor singt Weihnachtslieder in St.-Mar-

tini-Kirche«, »Kinderchor singt Weihnachtslieder in St.-Petri-Kirche«, »Kinderchor singt Weihnachtslieder in St.-Magni-Kirche« oder »Kinder führen Krippenspiel in St.-Jakobi-Kirche auf.« So geht das wochenlang, bis selbst die Eltern all dieser singenden und spielenden Kinder spontan einen Urlaub auf den Weihnachtsinseln buchen. Denn dort, man höre und staune, wird das Fest der Liebe gar nicht gefeiert. In Lehndorf hingegen wird gefeiert, und zwar auf US-amerikanische Art. Mehrere stolze Besitzer von Eigenheimen liefern sich in diesem Stadtteil seit Jahren einen Wettstreit, wer die meisten Blinkelichter, Figuren und anderen Tinnef in Haus und Garten verbauen kann, ohne den Katastrophenschutz auf den Plan zu rufen. Wahrscheinlich verkleiden diese LED-Fetischisten selbst ihren Schornstein von innen mit Lichterketten, damit der Weihnachtsmann auch garantiert den Weg findet. Ein ausführlicher Artikel über das Höher-Schneller-Weiter-Funkeln in der Braunschweiger Zeitung? Ist doch Ehrensache!

Am 24.12. steht der anständige Braunschweiger dann zu nachtschlafender Zeit im Dom, preist den Herrn und versucht Karpfen, Kartoffelsalat und Krimsekt bei sich zu behalten, während er im Kopf schon den morgigen Pflichtbesuch bei der buckeligen Verwandtschaft mütterlicherseits und den anschließenden, unvermeidbaren Spaziergang um die Teiche zu Riddagshausen durchgeht. Das wird wieder ein echter Krampf, müsste man vorher noch was trinken. Hat der Weihnachtsmarkt eigentlich noch auf?

Matschmann

Schnee. Eine weiße, blitzsaubere Decke, die die Geräusche dämpfte, als seien die Ohren mit Watte verstopft. Eine reine Schicht keuscher Weißheit, die mit ihrer Unschuld alles bedeckte. Alle Unterschiede auslöschte, alle Farben, so dass nur sanfte Formen übrigblieben, wenn genug gefallen war.

Aber es rieselte kein Schnee vom Himmel, es regnete. Nicht gerade monsunartig, aber stetig, und das seit Tagen. Helene Krause stand an der Terrassentür und schaute auf das nasse Gras und die blattlosen, triefenden Äste in ihrem trostlosen Garten. Wieder keine weiße Weihnacht. Keine Schneeballschlacht, keine Rodelpartie am Nussberg, und auch mit dem Schlittschuhlaufen auf dem Kreuzteich würde es wohl nichts werden, genauso wie kein einziger Schneemann in nächster Zeit das trübe Licht dieser Dezemberwelt erblicken würde. Winterfreuden konnte es ohne Schnee nicht geben.

Frau Krause seufzte schwer. Ließ ihren Blick durch das trübe Zwielicht zu der Baustelle auf dem Nachbargrundstück wandern. Überall Dreck, Matsch, Müll und Bauschutt. Jedes verfügbare Fleckchen Erde wurde heute zugebaut, auch hier in der Maibaumstraße. Aber nicht nur die Welt, auch ihr eigenes Leben befand sich in einem stetigen Wandel. Der Sohn war schon vor längerer Zeit nach »Pomerode« ausgewandert. Das klang weniger schlimm als es in Wirklichkeit war, denn der Ort lag in Brasilien. Ihr Mann war schon seit einigen Jahren tot, aber nun hatten auch zwei ihrer besten Freundinnen das Zeitliche gesegnet. Die beiden, mit denen sie immer Weihnachten gefeiert hatte. Vielleicht war es gar nicht so schlimm, dass es nicht schneite, denn dann wäre ihre Melancholie wohl unerträglich.

Sie seufzte noch einmal, drehte sich um und ging zum Wohnzimmertisch, um die vier roten Kerzen auf dem Adventskranz anzuzünden. Weihnachten alleine zu sein war nicht gut. Sie setzte sich auf das Sofa. Legte die Hände über ihr Gesicht und weinte leise. Das musste jetzt sein. Die Traurigkeit musste jetzt raus aus ihr. Danach würde es ihr besser gehen. Und nächstes Weihnachten würde sie rüber in die Seniorenresidenz der BBG gehen oder an der Weihnachtsfeier der Gemeinde Sankt Jacobi teilnehmen oder der von Sankt Joseph. Wenn das zeitlich passte, könnte sie vielleicht zwei oder drei Feiern hintereinander besuchen mit Kaffee, Gesang und Weihnachtskeksen. Jetzt hatte sie ein Jahr Zeit einen Plan zu machen, dachte sie, schaute auf und zuckte erschrocken zusammen. Ein großer, dicker schwarzer Schatten stand vor der Terrassentür. Ein Schatten, der einen Vorschlaghammer hob und schon zerbarst die Scheibe mit einem höllischen Klirren in tausend Splitter.

Noch bevor sie zum Telefon hasten konnte, stand der schwarze Schatten mitten in ihrem Wohnzimmer.

Ein Mann. Massig, mit einem gewaltigen runden Bauch. Die Kapuze tief in das Gesicht gezogen. Jacke und Hose mit triefendem braunem Schlamm verschmiert. Die Schuhe dermaßen mit Lehm verklebt, dass man sie gar nicht mehr erkennen konnte. Als sei er im Regen über einen frischgepflügten Acker gelaufen, quoll der Matsch bei jedem Schritt darunter hervor und hinterließ einen dreckige Abdruck nach dem anderen auf dem hellen Teppichboden.

»Ganz ruhig, ja«, grunzte er mit einer tiefen, dunklen, rauen Stimme. »Ganz ruhig, dann passiert dir nichts. Geld. Und Kreditkarte. Her damit! Los! Schnell!«

Helene saß da wie erstarrt. Grausame, brutale Szenen aus »Aktenzeichen XY ... ungelöst« fegten durch ihren Kopf. Blutige, malträtierte Senioren, zusammengeschlagen in der eigenen Wohnung. Beraubt, halbtot und wahnsinnig vor Angst.

»Ich, ich …«, stammelte sie.

»Nun mach schon! Ich möchte dir nicht weh tun, Oma!«, grollte er wie schwerer Donner, holte aus und ließ den Hammer auf den Couchtisch krachen, direkt in den bunten Teller hinein. Nüsse und Dominosteine, grüne und rote Schokokugeln, die Apfelsine, der Weihnachtsmann, Spekulatius, Zimtsterne und Lebkuchen, alles flog durch die Luft. Der Adventskranz machte mit flackernden Kerzen einen Satz nach links und Frau Krause stieß einen schrillen Schrei aus.

»Los jetzt!«, befahl der Mann so heftig, dass ihm die Kapuze vom Kopf rutschte. Auch sein dickes, rundes Gesicht war mit Dreck verschmiert, nur eine spitze rote Nase stach daraus hervor. Nach vorn gebeugt stand er da wie ein Sumoringer, keuchte und sie roch den Alkohol in seinem rasselnden Atem.

Helene schaute ihn an. Zitternd und kreidebleich erhob sie sich. Es war egal, sie hatte keine Chance, sie war der Gewalt hilflos ausgeliefert. Mit brüchiger Stimme sagte sie: »Fröhliche Weihnachten. Schön, dass Sie mich besuchen.« Tat wankend ein paar kleine Schritte. »Moment, ich hole Ihnen die Sachen. Ich habe auch noch etwas Schmuck, den Sie vielleicht gebrauchen könnten.«

»Äh?«, grunzte der Mann und beobachtete sie aus Augen so schwarz wie Kohlen. Ein großes Stück Matsch rutschte ihm von der Schulter und platschte auf den Fußboden.

»Aber vorher würde ich Ihnen gerne etwas zu trinken anbieten.« Helene schob sich fahrig an den Wohnzimmerschrank heran. »Ich habe einen wirklich leckeren Weihnachts-Likör. Aus Wöltingerode ist der.«

Der Mann schüttelte wütend den dicken Kopf und etwas Schlamm spritzte umher. »Geld will ich!«, blubberte er. »Und den Schmuck!«

Frau Krause stand vor ihm. Die Hände, die Beine, alles zitterte, nur ihre Stimme war fest. »Ach, kommen Sie. Heute ist doch Weihnachten.« Sie ließ sich nicht beirren und schob die Schranktür zur Seite, hinter der sich die Hausbar verbarg. »Wenn Sie möchten, kann ich Ihnen auch einen Punsch machen. Aber das dauert etwas.«

»Hm. Also gut. Aber nur einen«, knurrte der Mann. »Und dann her mit dem Geld!«

Ihre Hand zitterte schon weniger, als sie eines der beiden Gläser bis unter den Rand füllte, das andere aber nur einen Fingerbreit. Dann drehte sie sich um, und er griff mit einer großen lehmverschmierten Hand nach dem kleinen Glas.

»Frohe Weihnachten. Prost.« Sie stieß mit ihm an, trank, dann wies sie auf seine Hand. »Wo kommt denn der ganze Matsch her?«

»Bin in die Baugrube gefallen«, brummte er grinsend und zeigte eine Reihe schwarzer Zähne. »Sturmhaube vergessen. Wollte mich maskieren. Mit Matsch.«

»Ach, kein Wunder bei dem Regen seit Tagen. Früher gab es Schnee. Da wären Sie vielleicht als Schneemann in mein Wohnzimmer getapst, nicht als Matschmann.«

Der Räuber lachte laut auf, »Huahuahua, Matschmann!«, raunzte er heiser, »das ist gut!«, und hielt Helene das Glas hin.

»Kommen Sie Herr Matschmann, setzen wir uns. So ein Malheur aber auch«, sagte sie nach einem weiteren Weihnachts-Likör. »Nehmen Sie sich ruhig einen Keks. Hab' ich selbst gebacken.«

Der Matschmann setzte sich, wobei er einige Bröckchen nasse Erde verlor, lehnte grunzend den schweren Hammer gegen den Sessel, griff zu und hielt ihr grinsend wieder das Gläschen hin.

Als die Flasche leer war, gab Helene ihm all ihr Geld, den Schmuck und die Bankkarte, natürlich mit einer falschen Geheimnummer. Schwankend verließ er ihr Wohnzimmer durch die eingeschlagene Terrassentür.

Sofort griff sie zum Telefon und rief die Polizei an. Beschrieb der Beamtin ganz genau, wie der Matschmann aussah und wohin er geflüchtet war. Ein paar Minuten später hörte sie die Martinshörner herankommen. Vor ihrem Haus halten. Sah die Lichtkegel von Taschenlampen durch den Regen zucken. Kurz darauf die Rufe der Polizisten: »Hallo! Sie da unten! In der Baugrube! Kommen Sie doch bitte mal da raus, ja!«

Es gelang Helene nicht, die Polizisten zu einem Becher Punsch zu überreden. Aber die beiden Glaser – die fix die Terrassentür provisorisch mit einer Plexiglasscheibe reparierten – der Notfallseelsorger und ein paar Nachbarn, die, angelockt von den Polizeiwagen vor ihrem Haus herumlungerten, nahmen gerne einen. Es

ging auf zehne, als Helene Krause die ganze schöne Bescherung hinter sich hatte und lächelnd vor dem Fernseher einschlief.

Das Weihnachtslied vom Adventskalender

Weihnachten ist die Zeit, in der sinnlose Menschen mittels sinnloser Bräuche versuchen ein wenig Licht in ihr sinnloses Leben zu bringen. Klingt nihilistisch, ist aber leider so. Ein gutes Beispiel für diese These ist der so genannte Adventskalender, der es Kindern und in Mathematik nicht ganz so begabten Erwachsenen ermöglichen soll, die Zeit zwischen dem 1. Advent (beziehungsweise dem 1. Dezember) und dem Heiligen Abend ohne größere Probleme abzuzählen.

Wie alles buntes Teufelswerk ist natürlich auch dieser Kalender eine Idee der Protestanten, die Mitte des 19. Jahrhunderts mit diesem Blödsinn anfingen. Angeblich um die Vorfreude auf das Fest zu schüren, in Wirklichkeit wollten sie natürlich eine schnelle Mark machen, weil sie keine Ablassbriefe verkaufen durften. Dabei waren und sind die Kalendervarianten vielfältig, es gibt aufwendig gestaltete Exemplare in der Größe eines Mittelklassewagens, einfache Abrisskalender mit Sprüchen, Kalender mit bunten Bildern oder Schokoladenfüllung, kunstvoll gefaltete Meisterwerke in Form von Rentieren und Lebkuchenhäuschen. Mittlerweile existieren sogar umgekehrte Kalender, in die man jeden Tag etwas reinlegt und das ganze Paket nach Weihnachten spendet. Ja, der Erfindungsreichtum der Menschheit ist eine niemals versiegende Quelle.

Wem das Geld nicht ganz so locker aus der Tasche tröpfelt, der kann mit Kreide 24 Striche an die Tür malen und die Kinder jeden Tag einen davon wegwischen lassen. Das ist kostengünstig und sogar nachhaltig, dürfte für den Nachwuchs aber zum traumatischen Erlebnis werden, wenn die anderen Kinder in der Schule ihre USB-Sticks, Smartwatches, Edelpralinen und Geldscheine herumzeigen, die sie am Morgen in ihren Kalendern vorgefunden haben.

In ländlichen Regionen, in Braunschweig also alles, was rund fünf Kilometer vom Stadtkern entfernt liegt, werden gerne 24 gleichlange Halme aus Stroh ausgelegt, von denen jeden Tag einer entfernt werden darf. Das ist natürlich genauso deprimierend wie die Nummer mit den

Kreidestrichen, allerdings haben die Kinder vom Lande den Vorteil, dass sie keine Schule besuchen müssen. Feldarbeit geht vor! Und Kühe interessieren sich nicht für Adventskalender ergo lacht sie auch niemand aus.

Doch bleiben wir gleich in den vom pulsierenden Leben abgehängten Ecken Braunschweigs, verweilen wir in Bevenrode, Veltenhof, Dibbesdorf, Geitelde oder wie all diese Flecken heißen mögen, die auf dem Papier zwar zur niedersächsischen Glitzermetropole mit dem Löwen auf dem Burgplatz zählen, in denen es aber mehr Trecker als Menschen gibt und die bei Licht betrachtet aussehen, als würden sie zu Salzwedel gehören. 20 Jahre vor der Wende, versteht sich. In diesen Orten, wo die Hühner glücklich gackern und die Schützenkönigtafeln am Haus des Ortsbürgermeisters noch Respekt einflößen, hat sich in den letzten Jahren ein weiteres Adventskalenderspielchen etabliert, dessen Sinn sich dem im humanistischen Sinne erzogenen Stadtmenschen niemals erschließen wird. Denn wo die bereits vorgestellten Adventskalender reine Privatsache sind und hinter verrammelten Türen geöffnet werden, zerrt die so genannte Dorfgemeinschaft, die in der Regel aus drei alteingesessenen Familien und ihren inzestuösen Produkten besteht, den Countdown zur Geburtstagsparty des Erlösers in die Öffentlichkeit.

Zu diesem Zweck werden Türen und Fenster im Dorfe mit Nummern versehen. Je nach Arbeitslosenquote vor Ort und Trinkfestigkeit der Einwohner können das 24 werden, auf jeden Fall aber vier, die für die vier Adventssonntage stehen. Ist einer dieser Sonntage gekommen, versammelt sich der ganze Mob vor dem Haus mit der entsprechenden Nummer und grölt Weihnachtslieder in die gottgewollte Stille. Die Gastgeber haben trotz Minustemperaturen den Grill aus der Garage gezerrt und werfen ein paar gräuliche Phosphatstengel Richtung Glut, damit die Müllers von nebenan nicht behaupten können, es hätte wieder nichts zu essen gegeben. Ein halbes Graubrot und ne Tube Senf, und schon ist der ganze Club kostengünstig abgefüttert. Die Männer, die sich vormittags noch beim Fußball des örtlichen Kreisligisten, am Vortag beim Stammtisch und am Tag davor bei der Skatrunde gesehen haben, versammeln sich um die einsam zwischen ein paar blinkenden Lichtern stehende Bierkiste im Garten, während Mutti noch ne Runde Glühwein aus dem Tetrapack in den Wasserkocher kippt. Hm, das duftet. Irgendwie nach Glyphosat und Rind ganz hinten, aber das sieht heute niemand so eng. Die Kinder, die nicht schnell genug eine Mandelentzündung haben vortäuschen können, finden die Veranstaltung voll öde, werden aber durch Süßigkeiten und der Androhung von Stubenarrest inklusive Internetverbot bei der Stange gehalten.

Wenn alle herumstehen und glauben, es könne nicht mehr schlimmer kommen, klatscht Mutti in die Hände und bittet um Aufmerksamkeit. Denn sie hat noch ein weihnachtliches Ass im Ärmel, den heutigen Stargast Bert Butterberg oder so ähnlich. Leider findet sich in jedem noch so versprengten Kaff rund um Braunschweigs Innenstadt irgendeine Gestalt, die eine Gitarre, ein Buch oder einen Pinsel richtig herum halten kann. Durfte diese Gestalt zweimal im Gemeindehaus auftreten und ihre »Kunst« präsentieren, wird sie vom Rest der Dorfgemeinschaft mit einer Mischung aus Zweifel, Ekel und Unverständnis betrachtet, aber als Quoten-Freak gerade noch akzeptiert. Bert Butterberg ist so ein Typ, er hat sich sogar schon mal in einem Altenheim in Gifhorn seine Gitarre umgeworfen, um der dortigen Demenz-Gruppe ein paar selbstverfasste Lieder zu präsentieren. Das macht er heute auch, er hat genau drei im Repertoire, aber hey, es ist ja Weihnachten. Ein paar schiefe Akkorde, und alle singen wieder »O Tannenbaum«, bis Frau Müller von nebenan einen erklecklichen Schwall Glühwein in die Runde kotzt und jeder der Meinung ist, für heute wurde dem Heiligen Fest genug Tribut gezollt. Schön war der Abend und so besinnlich.

Die nächste Sause steigt dann bei den Müllers. Während Vadder Müller schon jetzt überlegt, wie er billiges Bier in teure Flaschen umfüllen kann ohne zu viel Kohlensäure zu verlieren, ist Frau Müller sauer. Bert Butterberg hätte sie auch gerne präsentiert, aber die blöde Kuh von nebenan musste sich ja mal wieder vordrängeln. Jetzt bleibt wohl nur noch das Schauhäkeln der örtlichen Handarbeitsgruppe. Wobei, lebt von denen eigentlich überhaupt noch jemand? Frau Müller beschließt, sich die Sache noch mal ganz in Ruhe durch den Kopf gehen zu lassen. Genau wie den Glühwein.

AM NIKOLAUSTAG DÄMMERTE ES MUTTER MANSON, DASS ES MIT DEM KLEINEN CHARLES EINMAL EIN BÖSES ENDE NEHMEN WÜRDE.

Weihnachten '69

Es war alles schön vorbereitet. Das Wohnzimmer glänzte und glitzerte heimelig vom Weihnachtsschmuck, der Tannenbaum verströmte einen wunderbar herb-harzigen Duft nach Wald und Wildnis. Vermischte sich mit dem wohligen Geruch echter, brennender Kerzen, die auf Metallklemmen an den Ästen steckten. Sie ließen die Christbaumkugeln, das Lametta und die Sterne funkeln, die wir Kinder vor Tagen in mühsamer Kleinarbeit aus buntem Stanniolpapier gebastelt hatten. Die Schokoladensüßigkeiten baumelten mit Goldfäden an den grünen Zweigen, Weihnachtsmännchen und wie kleine Geschenke gebündelte Täfelchen in rot und grün. Die Spitze war mit einem filigranen, silbernen Stern gekrönt. Majestätisch und erhaben stand dieser Baum in der Ecke unseres Wohnzimmers. Auch wegen der Kerzen war es lauschig warm und andächtig hockten wir Kinder davor auf dem Boden. Knufften und bufften uns vor Aufregung – ja, als Kind war Weihnachten aufregend. Obwohl nicht alle der schön verpackten Geschenke eine Überraschung bargen, aber es war ja auch erst mein siebentes Weihnachtsfest, also vielleicht das vierte, welches ich bewusst wahrnahm. Meine Geschwister waren da schon weiter, denn ich war der Jüngste.

Meine Mutter hatte bereits über Wochen vorher Geschenke für uns vier Kinder gekauft und sie im Schlafzimmerschrank hinter der Wäsche versteckt. Wir wussten das natürlich, und ab und zu, wenn die Umstände es erlaubten, stöberten wir mit einer Mischung aus unhaltbarer Neugier, Vorfreude und ein bisschen Angst darin herum, erkannten zumindest die noch unverpackten Geschenke und rätselten, welches für wen von uns bestimmt war.

Wir saßen also zappelnd und knuffend vor dieser majestätischen, herrschaftlich aufgedonnerten Tanne in unserem Wohnzimmer. Aber noch mussten wir unsere Ungeduld zügeln, denn der Ablauf des Heiligen Abends unterlag einem strengen Reglement, das sich allerdings nicht darauf begründete, dass mein Vater Soldat bei der Bundeswehr war, sondern allein aus dramaturgischen Gründen.

Eigentlich begann diese Dramaturgie, das ist heute nicht anders, bereits weit vor dem ersten Advent, wenn meine Mutter Lebkuchen und Dominosteine kaufte, die dann am besagten Sonntag auf einem bunten Teller neben dem Adventskranz lagen. Von da ab ging es mit der Spannungskurve, für uns Kinder damals unerträglich langsam, aber stetig aufwärts, bis am Morgen des 24. Dezember der Höhepunkt eingeläutet wurde, und sie am frühen Abend desselben Tages ihren absoluten Gipfel erreichte.

Nachdem wir total aufgeregt in unserem Zimmer gewartet hatten, bis unsere Eltern alle Geschenke unter den Baum platziert hatten, durften wir endlich das Wohnzimmer stürmen. Einer meiner Brüder, der Mittlere, konnte sich nicht mehr zusammenreißen, wollte sofort einen der mit Weihnachtspapierservietten abgedeckten, bunten Teller plündern, wurde aber harsch daran gehindert, denn erstmal wurden Weihnachtslieder gesungen. Meine Mutter spielte Melodica und wir Kinder sangen, mein Vater nicht, denn Singen war überhaupt nicht seine Sache.

Nach drei oder vier Liedern wurden endlich die bunten Teller gestürmt, enthüllt, begutachtet und diverse Leckereien probiert. Mein älterer Bruder Klaus, der schon zehn Weihnachten mehr auf dem Buckel hatte als ich, gab mal wieder seine Witzfrage zum Besten: »Kennst du ein Wort mit drei t z?«, die wir im Chor mit »Atzventzkrantz!« beantworteten, bevor er sich klammheimlich aus dem Staub machte. Es wurde wieder gesungen, aber ohne Melodica, vom bunten Teller genascht und dann hatten wir endlich, endlich die absolute Spitze der Spannungskurve, den Kulminationspunkt, das Finale, die Klimax erreicht. Mein großer Bruder kehrte als Weihnachtsmann verkleidet zurück, brummte unter der Maske: »Von draußen, vom Walde da komm' ich her, ich muss euch sagen, es weihnachtet sehr.«

Jetzt gab es nur noch eine Hürde, die allerletzte, zu überwinden. Ich musste das Weihnachtsgedicht aufsagen, das meine Oma mir beigebracht hatte:

Wiehnacksmann, kieck mi an,
lütschen Dubsack bün ick man.
Viel zu seggen heb ick nich,
Wiehnacktsmann vergess mi nich!*

Es gelang mir und dann verteilte er mit lautem »Ho-ho-ho« endlich, endlich die Geschenke.

Flugs wurden sie ausgepackt, bestaunt und zwischendurch immer mal wieder in die bunten Teller gegriffen. Es wurde sich gefreut, bedankt, gespielt und genascht.

Mein mittlerer Bruder hatte eine Mondstation und die Apollo aus Plastik bekommen. Vor einiger Zeit waren nämlich Astronauten auf dem Mond gelandet und in unserem Zimmer hingen große Farbfotos von Armstrong, Aldrin und Collins. Von der Apollo-11-Rakete, der grauen Mondoberfläche und der blauen Erdkugel. Die war für mich eine großartige Inspiration, denn ich erinnere mich noch daran, dass ich daraufhin mit einem Freund stapelweise Fantasiewelten gemalt habe. Mit einem Teller als Schablone zogen wir große Kreise auf DIN-A4-Blätter, die wir dann als fremde Planeten mit Ozeanen und Landmassen ausmalten.

Meine Schwester hatte Buntstifte und Anziehsachen, für sich und ihre Puppen, bekommen. Mein großer Bruder, der Weihnachtsmann, Hose, Socken und ein Buch. Und ich eine akkurate Cowboyausrüstung. Hut, Plastikweste, Patronengürtel und ein Colt im Holster. Das war schon okay, zumal »Bonanza« und »Die Leute von der Shiloh Ranch« auch bei uns jeden Sonntag ballernd über den schwarz-weißen Bildschirm flimmerten. Ich war nicht wirklich sauer, ehrlich. Es waren schöne Geschenke. Ich freute mich. Obwohl ein Mondauto echt toffer gewesen wäre. Fröhlich lachend zog ich den Colt aus dem Holster wie ein Gunman, zielte mitten in das Gesicht des Weihnachtsmanns. Drückte ab. Und das war's mit Santa Claus. Dann gab es erstmal Kartoffelsalat und Würstchen, bevor wir uns bis spät abends mit unseren Geschenken beschäftigten.

Ich habe den Weihnachtsmann erschossen. Mein Bruder spielte ihn nie wieder für uns. Bei Gelegenheit poste ich mal das Foto von der Szene, dass mein Vater mit seiner Minox genau in dem Augenblick gemacht hat.

In Erinnerung an meinen Bruder Klaus 1951–2018

*Volksmund

Schneeflöckchen, Weißröckchen

Es gibt Momente im Leben, die sind einfach nur
fürchterlich. Wenn einem der Zahnarzt mitteilt, er
habe auf einem Röntgenbild noch nie einen Weißheits-
zahn mit so dicken Wurzeln gesehen, und ja, der müsse
leider raus. Oder der Kfz-Mechaniker, der einem nach der
ersten Durchsicht des heiß geliebten Untersatzes mitleidig anblickt und fragt, ob man das Buch »Frankenstein«
gelesen hätte. Oder der dünkelhafte Weißkittel, der mit
gleichgültiger Miene mitteilt, dass es an den Weihnachts-

feiertagen auf keinen Fall nach Hause geht. Die Aussicht, das schönste aller Feste in einem Sechs-Bett-Zimmer zu verbringen, in dem es bestenfalls nach Desinfektionsmitteln riecht und statt klingelnden Glöckchen einzig die quietschenden Korksandalen der Schwestern zu vernehmen sind, gehört vielleicht zu den schlimmsten Visionen, die man haben kann. Der Autor dieser Zeilen kann aus eigener Erfahrung allerdings mitteilen, dass es etwas gibt, was zumindest fast so schlimm ist. Nämlich die Vorweihnachtszeit in einem Krankenhaus zu verbringen, und das nicht mal als Patient.

Beamen wir uns mal eben 25 bis 30 Jahre zurück in ein Braunschweig, in dem es weder ein Einkaufsschloss noch einen BraWoPark oder gar Internet gibt. Beim Zweitligisten der Eintracht stehen Legenden wie Peter Lux, Bernd Buchheister, Ralf Geilenkirchen oder Holger Aden im Kader, nur damit sich die werte Leserschaft mal vor Augen führen kann, wie lange das eigentlich schon her ist. In dieser Zeit hatte ich die Ehre in der Verwaltungseinheit eines Braunschweiger Krankenhauses zu dienen, im Rahmen einer, nun ja, sagen wir mal Ausbildung. Die eigentlich vorgesehene Tätigkeit (irgendwas mit Lochen und Abheften) trat in diesem Dezember allerdings in den Hintergrund, denn in einem Krankenhaus ist gerade in dieser Zeit viel zu tun. So durfte ich mit einem Kollegen zum Beispiel in weißem Kittel und mit Handsäge bewaffnet über die Stationen ziehen, um die kümmerlichen Weihnachtsbäumchen aufzustellen. Speziell in der Chirurgie wurden wir von den Patienten mehr als argwöhnisch beobachtet. Besonders als sich mein Kollege ein Stethoskop umhängte, die Haare in bester Chefarztmanier schleimig nach hinten kämmte und mit erhobenem Werkzeug laut in einen der Aufenthaltsräume fragte, wer denn der Herr mit der Knie-OP wäre, es sei soweit alles vorbereitet. Selten habe ich einem Zimmer eine so parallel verlaufende, kollektive Veränderung der Gesichtsfarbe wahrgenommen wie an diesem Tag.

Aber natürlich nahmen wir auch noch ganz andere Sachen wahr. Zum Beispiel, dass die Kantine, die aus Kostengründen natürlich das Patientenessen und das Futter für die Mitarbeiter zusammenschmierte, so richtig aufdrehte. In den muffigen Räumlichkeiten, in denen sich die Plastikmöbel herrlich mit den Pressholztrennwänden ergänzten, wurde plötzlich Weihnachtsmusik gespielt. Also in erster Linie »O Tannebaum« in Endlosschleife. Die völlig überarbeiteten Ärzte, Schwestern und Pfleger werden kaum etwas davon mitbekommen haben, aber es nervte trotzdem kolossal. Neben selbst gebasteltem Fensterschmuck, der aussah, als hätte eine vom Teufel besessene Siebenjährige ihrem Hass freien Lauf gelassen, fiel vor allem die veränderte Speisekarte ins Auge. Wo sonst die Auswahl zwischen Jägerschnitzel mit Pommes, Zigeunerschnitzel mit Pommes und Rahmschnitzel mit Salat schon das höchste der Gefühle war (der Zusammenhang zwischen Gesundheit und gesunder Ernährung war zu dieser Zeit noch weitgehend unerforscht, Vegetarismus in Braunschweig völlig unbekannt) lockten plötzlich lukullische Genüsse aus dem hochpreisigen Regal. So wurde zum Beispiel eine Elchkeule angeboten, die wir umgehend probieren mussten. Natürlich hat ein Elch als edles Wildtier in einer riesigen Firmenkantine so viel zu suchen wie in einem Hamsterkäfig. Denn wenn Kantinen etwas können, dann auch noch das leckerste Fleisch so zu zerkochen, dass es schmeckt wie Hühnerfrikassee unterm Arm. Deshalb verzichteten wir auf die im Laufe der nächsten Tage angebotenen Karpfen-, Rentier- und Gänsegerichte, denn wir konnten es uns nun ungefähr vorstellen. Trotzdem zollten wir dem Küchenpersonal unseren Beifall, denn auch das Nachtischangebot bestand plötzlich nicht mehr nur aus Vanille- oder Schokopudding auf Magermilchstufe und einem abgelaufenen Snickers. Nein, da gab es doch tatsächlich eine Crème brûlée (von der Kantinenfachkraft ungefähr »Cräheme brülle« ausgesprochen), die zwar nichts mit der eigentlich so betitelten Leckerei zu tun hatte, aber trotzdem nicht schlecht schmeckte. Auch gab es einen Marzipankuchen, eine Lebkuchen-Crème und andere Schweinereien in unserer Kantine käuflich zu erwerben. Es dauerte Tage, bis wir diesen Schock überwunden hatten.

Doch leider konnten wir nur maximal 50 Prozent unseres Arbeitstages in der Kantine verbringen, ab und an mussten wir uns schon noch mal zeigen, um weitere bescheuerte Aufträge in Empfang zu nehmen. So war es auch an uns, die erbärmlich verdreckten und kaputten Lichterketten anzubringen. Draußen, bei minus 3 Grad. Weil wir dumme Junge waren und außer von Nachtisch von nichts eine Ahnung hatten, gab uns unser Vorgesetzter, der eigentlich dafür zuständig gewesen wäre, uns in die Feinheiten des Klinikumsverwaltungsapparates einzuführen, einen Plan mit auf den Weg. So sollten die Lichterketten hängen, so haben sie schon immer gehangen, so hängen sie vermutlich noch heute. Also zogen wir los, wieder mit weißen Kitteln bekleidet (das war Pflicht, warum auch immer), einer Leiter und vielen Ketten unter dem Arm, um weihnachtlichen Glanz zu verbreiten. Wir erreichten genau das Gegenteil. Niemals werde ich die Blicke der Patienten vergessen, die aus ihren Betten heraus mitleidig verfolgten, wie wir Kette um Kette anbrachten. An manchen brannte immerhin die Hälfte der Lämpchen, andere waren so ausgeleiert, dass sie fast bis auf den Boden hingen, wieder andere sollten laut Plan in Ecken des weitläufigen Geländes angebracht werden, wo sich nicht mal eine streunende Katze hin verläuft. Als wir unser Werk nach Stunden beendet hatten, betrachteten wir die Bescherung. Es war die exakte optische Entsprechung des Gefühls, Weihnachten im Krankenhaus verbringen zu müssen.

Wie erwähnt spielten sich diese tragischen Geschehnisse vor rund 30 Jahren ab, zu dieser Zeit war der Klimawandel noch nicht erfunden. Deshalb war es im Dezember auch oft richtig kalt, manchmal fiel sogar Schnee. Deshalb gehörte es zu unserer verwaltungstechnischen Aufgabe, mit Streusalzeimern über das Grundstück zu wandern (weißen Kittel nicht vergessen) und den Boden trittsicher zu machen. An einem Morgen hatte Väterchen Frost seine unbarmherzigen

Zähne so richtig fest ins Geläuf gehämmert, weswegen wir zur Eile angehalten wurden. Gerade erst angekommen und den ersten Kaffee noch nicht verklappt, standen wir schon wieder draußen. Und ja, es war wirklich verdammt glatt, durchgehend und überall. Der Kollege und ich versuchten einen Plan zu machen, wo wir zuerst streuen sollten und wo zuletzt. Schließlich wackeln auf dem Gelände eines Krankenhauses massenhaft ältere und jüngere Menschen herum, die nicht ganz so gut zu Fuß sind. Wir entschlossen uns, vor dem Trakt der Geburtshilfe zu beginnen, denn wenn hier jemand fiel, waren zumeist gleich zwei Personen betroffen. Dann weiter zum Bereich der Augenheilkunde, der Neurologie, der Kinderklinik und Geriatrie, dann zur Urologie und Psychiatrie, weiter zur Radiologie und Nephrologie. Bei letztgenannter Station waren wir uns nicht sicher, was da überhaupt gemacht wurde, aber es klang irgendwie gruselig. Die Abteilungen Pathologie und Unfallchirurgie mussten bis zum Schluss warten, denn entweder war es eh schon zu spät und damit egal. Oder der Weg zur Rettung war nicht ganz so weit. Es kam natürlich wie es kommen musste, eine besonders beleibte Oberschwester aus der Chirurgie gab den sterbenden Schwan, just als ich mit dem Eimer um die Ecke bog. Es war mein letzter Tag vor den Weihnachtsferien, deshalb beschloss ich mir selbst keine Scherereien zu machen und verließ die Szenerie mit bedachten Schritten in die andere Richtung. Die arme Frau wurde von ihren Kollegen sofort ins Haus getragen, sie hatte sich die Hüfte gebrochen und musste die Feiertage im Krankenhaus verbringen. Ein schlimmes Schicksal, aber immerhin hatte ich Lichterketten aufgehängt und Weihnachtsbäume aufgestellt. Mehr konnte ich wirklich nicht tun.

Der Weihnachtsstern

Der Weihnachtsbaum maß über zwei Meter und war damit um einiges größer als der Mann, der ihn trug. Schnaufend stieg er die Treppe hinab und legte ihn auf die Waschbetonplatten. Piet und Lydia waren schon da, die anderen fehlten noch.

»Wo ist denn der Ständer?«, fragte Christian und schaute sich um.

»Brauchen wir nicht«, sagte Piet und wedelte mit einer Wäscheleine. »Wir binden ihn damit fest.«

»Hier, erstmal ein Glühwein.« Lydia gab ihm einen dampfenden Becher. »Vorsicht! Ist heiß!«

Christian nahm ihn zwischen die Hände und pustete hinein. »Ist ja echt mal was anderes, so eine Weihnachtsfeier unter freiem Himmel. Ah, der Grill ist auch schon an.«

»Genau Mann, deshalb haben wir es ja hier geplant.«

Lydia seufzte: »Nur schade, dass es nicht schneit. Es wäre so schön gewesen.«

»Aber auch kälter.« Christian nippte am Glühwein und schaute in die blattlosen Äste der Bäume und Büsche. »Ich weiß nicht, ob ich dann Lust gehabt hätte.«

»Hauptsache es regnet nicht. So, und jetzt stellen wir erstmal den Baum auf, damit wir mit dem Schmücken anfangen können. Die Lichterketten und das Lametta liegen da in dem Karton. Lydia, hast du eigentlich den Stern für die Spitze mitgebracht?«

»Jawoll.« Sie stellte den Glühwein weg, griff in eine Tasche und zog den großen filigran gearbeiteten roten Stern daraus hervor, drückte auf einen Knopf und das Ding fing an, in verschiedenen Farben und Abfolgen zu blinken. »Na, zu viel versprochen?«

»Ein echtes Highlight! Die Krönung!« Piet und Christian nickten anerkennend, dann stellten sie den Baum auf. Umschlangen ihn mit den funkelnden Lichterketten, steckten feierlich den glamourösen Stern auf die Spitze. Sabine und Andreas kamen bald darauf mit einem Korb voller Essen und Grillgut, Maria mit der Gitarre, Tanja und all die anderen trudelten ebenfalls allmählich ein. Der Grill wurde auf Touren gebracht, Glühwein ausgeschenkt und Maria stimmte das erste Lied an. »Schneeflöckchen Weißröckchen« als Hommage an den Klimawandel und dann als Opener für ihren ganz besonderen ersten Heiligen Abend unter freiem Himmel »O-Tannenbaum«, denn zweifellos stand der Baum im Mittelpunkt dieser Feier und sofort war die ganze Weihnachtsgesellschaft in Stimmung. Man ließ sich auf die Bänke der Bierzeltgarnituren nieder, aß, trank und sang die alten Lieder.

Traurig stand sie am steinernen Brückengeländer und schaute hinab in den kleinen grün-grauen Fluss. Die Fenster der alten Häuser, die am rechten Ufer standen, warfen gelbes Licht in die Dunkelheit und ließen hin und wieder das Wasser aufblinken. In einem sah sie, wie Kinder und Eltern einen Tannenbaum schmückten. Tränen liefen ihr über die Wangen. So sehr sehnte sie sich nach solch einer besinnlichen Weihnacht, dass sie vor ein paar Wochen hierher nach Braunschweig gezogen war. Wegen des Mannes, den sie auf der Dating-Plattform kennengelernt hatte.

Eine feste, echte Beziehung, einen Lebenspartner hatte sie sich gewünscht. Die ersten Treffen waren toll. Er besuchte sie in Bad Brambach in Süd-Sachsen, wo sie in einem Hotel arbeitete; sie fuhr nach Braunschweig, wo er in einem Autowerk seine Brötchen verdiente. Nach der Saison war sie hierhergekommen und hatte sich eine kleine Wohnung gesucht, man wollte ja nichts überstürzen.

Sie war Ende dreißig und es wurde Zeit, in einen sicheren Hafen einzulaufen. Eine Familie zu gründen. Sie hatte gedacht, er wäre endlich der richtige Mann, auch weil er mehrmals am Tag behauptet hatte, sie sei seine große Liebe. Ihr Blick wanderte über das Wasser, in dem sich heute keine roten Lichter spiegelten, hinein in den dunklen Park auf der anderen Seite des Flussarms.

Bis er vorgestern die Verabredung mit ihr hatte sausen lassen. Stundenlang hatte sie auf ihn gewartet, sich Sorgen gemacht, ihn ständig und vergeblich angerufen, aber erst am nächsten Tag eine lallende Whats-App Sprachnachricht bekommen. »Sorry, war ... äh ... bin auf 'm Weihnaxsmaakt. Könn' ja mal nach'n Feiertagen reden oder so. Tschüss.« Lallend! Um zwölf Uhr mittags!

Heiße Wut stieg in ihr auf, als sie daran dachte. Wut, die ihr wieder Tränen in die Augen trieb. Abserviert. Eiskalt. Sie könnte ihn umbringen. Eigentlich hatten sie geplant gemeinsam ein beschauliches Weihnachtsfest zu feiern. Ganz gemütlich. Mit Gänsebraten, Geschenken und einem schön geschmückten Christbaum. Sie hatte sich so darauf gefreut. Als Einstieg in ein familiäres Leben.

Schluchzend riss sie sich von dem dickbäuchigen Geländer los. Stopfte die Hände in die Taschen des schwarzen Mantels. Bewegte sich weinend und wütend langsam daran entlang, linker Hand das Staatstheater, aber sie hielt sich nach rechts und ging den Schotterweg hinunter zum Ufer des Flusses. Umbringen. Vor ihr erhob sich die steinerne Brücke, auf der sie eben noch gestanden hatte.

Ein Gang führte darunter hindurch mit Säulen in der Mitte wie ein düsteres Gewölbe.

Ab in den Fluss mit dem Mistkerl, dachte sie, als sie einen dunklen Schatten aus dem Gang unter der Brücke auf sich zukommen sah. Gegenüber in den Häusern feierten sie Weihnachten, das Fest der Liebe. Aber nicht für alle Menschen auf der Welt war es ein Fest. Für sie schon gar nicht. Ein Mann, der sich langsam bewegte und die Hände aus den Taschen zog. Sie kannte sich in Braunschweig nicht aus. Wusste nichts von den dunklen Ecken, die es besser war zu meiden, als Frau, nach Einbruch der Dunkelheit. Aber trotz ihrer wirren, aufgewühlten Gedanken hörte sie eine warnende Stimme. Ein stilles, tonloses Flüstern, das sie dazu brachte sich umzudrehen, bereit fortzulaufen.

Aber sie nahm nicht wieder den Weg hoch, zurück zu dem Theatergebäude. Sie schritt am Ufer der Oker entlang. »Ab in den Fluss mit dem Mistkerl, ach, mit allen Männern!«, dachte sie und eine Welle des Zorns schien sie fast zu überwältigen. Sie ging langsamer, sah einen Steg am Ufer. Große gepflasterte Stufen führten zum Wasser hinab. Im Sommer sicher ein schöner Platz, um zu sitzen und die Sonne zu genießen. Sie stieg zwei, drei hinunter, fasste an das Stahlrohr des Geländers, drehte sich um und sah den Mann auf eine Bank zuschlendern, die am Weg über dem Anleger stand. Er setzte sich. Zündete eine Zigarette an.

Trotz der flackernden Feuerzeugflamme konnte sie sein Gesicht nicht sehen. Der Schirm eines Basecaps und die vorgehaltene Hand verdeckten es. Sie schaute wieder auf das glitzernde Wasser, stellte sich vor, wie er mit wedelnden Armen hustend und brüllend darin versank. Blickte hoch zu den Fenstern, aus den Augenwinkeln wieder zu ihm, war sich sicher, dass er sie beobachtete.

In der Dunkelheit glühte die Zigarette auf. Dann warf er sie halb aufgeraucht fort, und stand langsam auf. Sie fingerte nach dem Pfefferspray in ihrer Tasche.

»Frohe Weihnachten«, sagte er, hob die Hand und ging.

Sie ließ das Geländer los, setzte sich auf die Stufe und legte die Unterarme auf die Knie. Einsam und allein saß sie am Heiligen Abend in dieser fremden Stadt am Ufer eines kleinen, dünnen Flusses. Und dann liefen ihr die Tränen aus den Augen. Sie legte die Stirn auf die Arme und schluchzte laut auf. Weinte. Erschüttert, wütend und enttäuscht. Voll mit ohnmächtigem Zorn und einer schmerzhaften, unerfüllten Liebe in ihrem verletzten Herzen. Ein Weihnachtslied kam ihr in den Sinn: »Ihr Kinderlein kommet«. Vor Jahrtausenden hatte sie es gesungen, im Kindergarten, in der Schule, zu Hause mit Vater und Mutter und ihrer Schwester. Gute alte, unbeschwerte Kinderzeit. Und wieder presste ein schweres Schluchzen Tränen in ihre Augen.

Ein anderes Lied kroch in ihre Ohren: »Frö-höliche Weihnacht überall!« Voller Freude von vielen Kehlen hinausgetragen in die Heilige Nacht. Es wurde immer lauter. Sie hob den Kopf. Flüsterte traurig mit: »Tönet durch die Lüfte, froher Schall ...« Schaute mit verweinten

Augen hoch zu den Fenstern mit der glücklichen Familie – aber die waren geschlossen. Rüber zur Brücke – aber da war niemand. Und dann erst sah sie hinter einer Kehre des Flusses einen glitzernden Weihnachtsbaum auftauchen. In voller Pracht schwebte er mitten auf dem Wasser. Die Spitze war mit einem großen Stern geschmückt, der mit roten, gelben und weißen Blinklichtern in die Nacht hinaus strahlte. Der Weihnachtsbaum glitt langsam auf sie zu. Auf den Ästen umrankten ihn weiße Lichterketten und buntleuchtende Christbaumkugeln. Das konnte nicht sein. Es war wie in einem Weihnachtsmärchen, so schön, dass ihre Tränen nicht mehr vor Wut und Enttäuschung, sondern aus Rührung sprudelten.

Der Tannenbaum kam immer näher, wurde immer größer und dann sah sie das Floß, auf dem er stand. Die Menschen dahinter, die auf Bänken saßen und zu einer Gitarre Weihnachtslieder sangen, lachten und tranken. Sie starrte sie an, summte mit, als sie »In der Weihnachtsbäckerei, gibt es so manche Leckerei!« in den Himmel über Braunschweig schmetterten und langsam auf sie zu fuhren.

»Da vorn legst du aber mal an«, sagte Christian und wies mit der Grillwurst auf den Steg am Theater. »Ich muss unbedingt mal hinter die Büsche.«

»Ich auch!«, rief Maria und legte die Gitarre zur Seite, während Piet das Weihnachtsfloß schon an den Anleger steuerte.

»Guten Abend, fröhliche Weihnachten!«, sagte Christian zu der Frau in dem schwarzen Mantel, die dort stand, als er an Land ging. »Möchtest du auch einen Glühwein? Piet, gib ihr doch mal einen Becher.«

Und dann ging auch Piet an Land, redete mit ihr, trank, lachte und als das Floß wieder ablegte, hatte es einen Passagier mehr an Bord. Eine Frau aus Bad Brambach, ganz im Süden von Sachsen, die lachend mitsang und nicht mehr weinte.

Macht hoch die Tür

Weihnachten ist nicht nur die Zeit, in der Nord-
manntannen, Karpfen und Lebkuchenmännlein
eine deutlich beschränkte Lebenszeit haben. Nein, wenn
es auf dem Bohlweg neben Bier und Fäkalien mal wieder
ganz leicht nach Glühwein duftet, werden viele ältere
Menschen gerne sentimental. Sie erinnern sich daran, wie
das Heilige Fest vor 20 oder 30 Jahre begangen wurde
und müssen feststellen, dass sich neben den Preisen für

Geschenke, dem Wetter und den Ansprüchen der Beschenkten noch wesentlich mehr geändert hat.

Denn damals mussten sich die Stellvertreter der bärtigen Rotkutte, also die Eltern und Großeltern, tatsächlich noch selbst in die Stadt begeben, um den lieben Kleinen ihre Wünsche zu erfüllen. Da drängelten sich dann viele Muttis und Omas, in moderneren Familien auch Vatis und Opis, durch die Gänge von Karstadt und Horten, den kaum zu entziffernden Wunschzettel des Nachwuchses in Händen. Eine Ritterburg, ein Puppenhaus, eine Ping Pong ..., nein Moment, soll das Bong heißen? Mit derlei Fragen belastet hasteten die Geschenkebeauftragten Braunschweiger Familien durch die Burgpassage, den City Point, Graff und C&A, weil das obligatorische Paar Socken auf keinen Fall fehlen durfte. Von der Hitze und der abgestandenen Luft der großen Kaufhäuser führte der Weg hinaus in die klirrende Kälte und wieder zurück in einen der Konsumtempel, wo aus blechernen Boxen unerträglich harmonische Musik schallte. Von diesen klimatischen und kommerziellen Kapriolen ermattet ging es zwischendurch meist noch ins Restaurant eines Kaufhauses, wo die panierten Schnitzel in Warmhalteschalen wie selbstverständlich neben der Schwarzwälder Kirschtorte auf Kundschaft warteten. Kaffee und Erbsensuppe zum Kombipreis. Systemgastronomie in seiner schönsten und reinsten Form, lange bevor Vapiano, Schweinske und Co. für weitere Perversionen in Sachen Esskultur sorgen konnten. Und hey, natürlich lief auch hier Weihnachtsmusik vom Band, die sich mit den Stimmen gestresster

Einkäufer und dem Geruch ihres sauer erworbenen Schweißes mischte.

Manch einer mag sich mit Ekel, aber auch mit Wehmut an diese vorweihnachtlichen Rituale erinnern, sie gehörten nun einmal dazu wie das tropfende Wachs echter Kerzen auf den Zweigen des Weihnachtsbaums und auf dem Teppich davor. Doch dann setzte irgendwann die Elektrifizierung des Festes ein, was sich zuerst an den elektrischen Kerzen am Baum und wenig später am Internet festmachen ließ. Davon abgesehen, dass Eltern dank steigender Mieten und stagnierender Löhne bald schon keine Zeit mehr hatten, sich stundenlang durch die Innenstadt zu schieben, ist es ja auch viel bequemer, sich den Krempel nach Hause schicken zu lassen. Okay, auch vor 30 Jahren sorgten Quelle, Otto und Neckermann schon für vorweihnachtliches Präsentestöbern auf dem heimischen Sofa. Aber damals war es ja eher eine Orientierungshilfe, ein Appetit holen für die Kleinen. Die konnten im Katalog zeigen, was sie interessiert, und der Weihnachtsmann besorgte dann das Geschenk (oder so etwas Ähnliches). Ich selbst erinnere mich gut daran, mir mehrere Weihnachten lang einen Roboter mit Sprachfunktion gewünscht zu haben, der immer wieder in den Versandhauskatalogen zu sehen war. Bekommen habe ich ihn nie. Wesentlich später erzählten mir meine Eltern, sie hatten damals ein »so technisches Gerät« nicht einfach bestellen wollen. Und im Braunschweiger Einzelhandel war dieser Roboter partout nicht aufzutreiben.

Eltern von heute lachen sich natürlich scheckig über solch eine Vorgehensweise. Denn in der jetzigen Zeit wird alles online bestellt. Vom Dreirad über die Playstation und das Geschenkpapier bis hin zur letzten Marzipankartoffel, macht hoch die Tür, der Postmann kommt. Und zwar grundsätzlich immer dann, wenn alle normalen Menschen arbeiten. Wehe dem, der in der Vorweihnachtszeit als Freiberufler zu Hause schuftet oder Urlaub hat. Die Paketboten, zweifellos geschundener als jeder Weihnachtself und jedes als Zugtier missbrauchte Rentier, haben schnell raus, bei wem ausnahmsweise die Tür aufgeht, und laden den gesammelten Schund für die Nachbarschaft mit der Sackkarre ab. Wer da nicht aufpasst, funktioniert seinen Flur schnell zum Postamt fürs gesamte Viertel um. »Ob ich beim Nachbarn nen Zettel reinlege, dass ich die Pakete bei Ihnen abgegeben habe? Na sicher!« Aber was sollen die Frauen und Männer in den unansehnlichen Uniformen auch tun? Das Weihnachtsgeschäft mutiert zu dem, was der Kunde verlangt. Früher ließen sich die letzten Tage bis zum Feste an den noch zu öffnenden Adventskalendertürchen abzählen. Heute reicht es, die Autos der Paketdienste, die in der eigenen Straße parken, zu addieren. Dreimal DHL, zweimal UPS, einmal GLS und ein Minitransporter von Hermes. Noch sieben Tage bis Weihnachten.

Doch es sind nicht nur die Erwachsenen, denen ein gutes Stück Weihnachtsmagie abgeht. Auf den Schulhöfen von Wenden bis Stöckheim, von Lamme bis Volkmarode werden keine liebevoll bemalten Wunschzettel mehr erstellt und herumgezeigt, ja nicht mal handgeschriebene Schmierblätter mit Nachrichten wie »Mama, du kaufst mir dieses Jahr die verdammte X-Box oder ich brenn mit meinem Mathelehrer durch. Laura (11 Jahre)« machen noch die Runde. Der Nachwuchs sucht sich seine Geschenke aus und sendet sie, den passenden Amazon-Link anbei, einfach per Whatsapp an die Ernährer. Natürlich mit dem Hinweis, dass es sich hier nicht um einen Wunsch, sondern um eine Anordnung handelt. Oma und Opa können die Weihnachtskohle auch per Paypal überweisen, dann fällt der lästige Besuch weg. Die beiden Mumien wissen ja nicht mal, was ne Lootbox ist.

Und so vergeht sie dann, die Vorweihnachtszeit im 21. Jahrhundert. Die Großeltern haben komplett den Überblick über die Wünsche der Kinder verloren und schenken sicherheitshalber wieder selbst gestrickte Pullis, während die Eltern hektisch alle drei Minuten nach ihrem Handy kramen und auf den Sendungsverlauf ihrer Bestellungen starren. Kommen die Geschenke noch rechtzeitig an? Hätte man nicht vielleicht doch selber in die Stadt gehen sollen? Und wann gibt es endlich einen Lieferservice, der die Weihnachtsgans samt Rotkohl, Klößen und Magentabletten am ersten Weihnachtstag für die ganze Bagage servierfrisch nach Hause liefert? Möglichst in den Ausführungen normal, vegan, gluten- und zuckerfrei? Hm, mal ganz im Ernst: So schlecht war unser analoges Weihnachten anno 1985 dann doch nicht.

Ruprechts Knechte

An einem nassen, ungemütlichen Nachmittag zwei Tage vor dem Heiligen Abend waren die Straßen in Braunschweig mal wieder völlig dicht. Schikanen des Städtischen Straßenbauamtes, an besonders wichtigen Kreuzungen im ganzen Stadtgebiet verteilt, sorgten für weitere verplemperte Minuten. Ruppert hatte bereits von der Uni bis zur Auffahrt auf die Tangente zwanzig Minuten gebraucht. Sein alter Fiat Panda war bis obenhin vollgestopft mit bunt verpackten Geschenken, so dass er im Innenspiegel nicht sehen konnte, was sich hinter ihm abspielte. Die Ampel stand auf Rot und Ruppert ließ seine Gedanken treiben.

Die Geschenke für die Kinder im Zentrum an der Frankfurter Straße hatten er und eine Handvoll Kommilitoninnen liebevoll mit Süßigkeiten, Schreibutensilien, Modeschmuck und weiteren Dingen des täglichen Gebrauchs für Kinder und Heranwachsende zusammengepackt und auf jedes Päckchen draufgeschrieben, ob es für einen Jungen oder ein Mädchen geeignet war, und ab welcher Altersgruppe.

Eigentlich war er bei der K.R.-Gruppe nur wegen Selina gelandet. K.R. stand für »Knecht Ruprecht« und Selina war in seinen Augen nicht nur die schönste Studentin auf der ganzen Welt, sie war auch die fröhlichste, intelligenteste und sexyeste Frau, die er bisher überhaupt kennengelernt hatte. Leider war er ihr trotz der Geschenkverpackerei für die bedürftigen Kinder nur wenig nähergekommen.

Hinter ihm hupte es, weil die Ampel auf Grün umgesprungen war. Er hupte zurück und gab Gas. Endlich war er fast auf der Stadtautobahn. Immer wieder schaute er verstohlen auf die Uhr. Wenn er das richtig verstanden hatte, sollte er die Geschenke bis spätestens 15 Uhr abgeliefert haben, sonst gab es Probleme, denn genau dann sollte in dem Kinder- und Jugendzentrum die Bescherung stattfinden. Eine Stunde später schloss das Zentrum, die Mitarbeiter konnten endlich nach Hause gehen und sich den Vorbereitungen für das eigenen Weihnachtsfest widmen.

Es war fünf nach zwei als er auf die Tangente einbog. Eigentlich sollte es kein Problem sein. In weniger als fünfzehn Minuten würde er seinen Zielort erreicht haben und den wartenden Kindern ihre Geschenke überreichen, die sicher schon völlig aufgedreht durch die Räume der Einrichtung tobten.

Selina.

Auf der Party am letzten Samstag hatte er sich in ihre Augen verliebt. Heute wusste er, dass es ihre Hände waren, die ihn von Anfang an fasziniert hatten. Und natürlich ihr Mund. Der war so ... der war so ... so unbeschreiblich! Und ihre Stimme erst! Wenn sie sprach: »Ich finde das echt megageil, dass du den Knecht Rupprecht für die Kinder machst.« Mit Absicht hatte sie Ruprecht wie seinen Vornamen ausgesprochen, mit einem kurzen u. Und wenn sie lachte! Oh-Mann!

Auf der vom aufgewirbelten Schneematsch verdreckten Windschutzscheibe entstand ihr Gesicht. Sie lächelte ihm zu. Er hatte Angst, dass es verschwinden würde, wenn er den Scheibenwischer betätigte. »Wir treffen uns morgen alle im ›Lissabon‹. Komm doch mit«, hatte sie lächelnd gesagt. Selinas Lächeln! Soviel stand fest: das war das großartigste Weihnachtsgeschenk – was auch immer er am Heiligen Abend von seiner Familie bekommen würde. Plötzlich sah er vor sich die Bremslichter eines LKWs aufflammen. Trat auf die Bremse. Verkrampfte die Hände um das Lenkrad. Viele der bunt verpackten Kästen und Schachteln machten einen Satz nach vorne. Purzelten übereinander wie Bauklötze. Landeten im Fußraum.

Der Panda rutschte über den schlüpfrigen Asphalt, buffte gegen die Stoßstange des Lastwagens und Ruppert wäre mit dem Kopf fast gegen das Lenkrad gekracht. Er atmete keuchend, weil der Sicherheitsgurt ihm die Luft abdrückte. Langsam stieg er von der Bremse und dachte: »Puhh. Glück gehabt«, als ein gewaltiger Schlag ihn nach hinten warf und den Panda nach vorn gegen die Stoßstange des LKWs. Etwas knackte in seinem Genick, als er mit dem Hinterkopf gegen die zu niedrige Nackenstütze knallte. Einige Geschenke wurden zurück auf die Rücksitzbank geschleudert und Rums! – aus der Traum vom Knecht Ruprecht, der den Kindern Geschenke zu Weihnachten bringt und dafür von der schönsten Frau der Welt belohnt wird.

Benommen vom hin und her Schleudern dauerte es eine Weile, bis er begriffen hatte was passiert war. Die Kinder würden vergeblich auf ihre Geschenke warten, oh Gott, weil ihm jemand hinten reingerasselt war. Vielleicht würden jetzt einige von ihnen den Glauben an den Weihnachtsmann verlieren! Langsam öffnete er den Sicherheitsgurt. Aber die Autotür bekam er nicht auf.

Irgendwann sah er einen Mann, der von außen vergeblich daran zerrte. Erst nach einer ganzen Weile öffnete sich knarrend die Beifahrertür. Ein Polizist schaute zu ihm ins Auto. »Hallo!«, rief er. »Können Sie mich hören?«

»Ja«, sagte Ruppert.

»Sind Sie verletzt?«

»Ich glaube ... vielleicht ein Schleudertrauma. Wie spät ist es?«, fragte er.

»14 Uhr 32«, sagte der Beamte. »Haben Sie eine Verabredung?«

»Ja«, antwortete Ruppert, und dann erklärte er dem Mann, um was es ging.

Eilig luden viele helfende Hände die Geschenke in einen Streifenwagen um, während Ruppert von den Rettungssanitätern aus dem zerbeulten Panda geholt und auf eine Trage gelegt wurde.

Mit Martinshorn und Blaulicht brausten die Polizisten los. Schlängelten sich durch die Staus. Rasten zu den traurig wartenden Kindern in ihrem Zentrum. Gaben die Geschenke dort ab, mit einem schönen Gruß von Knecht Ruprecht, sagten sie, der das heute leider nicht persönlich erledigen konnte, weil er einfach zu viel zu tun hatte.

Morgen kommt der Weihnachtsmann

Trotz Informationsoverkill und Internet-Verbindung auf dem Plumpsklo, es gibt Fragen der Menschheit, die bisher ungeklärt sind. Zum Beispiel diese hier: Gibt es Aliens oder bin ich mit diesen mehr als sieben Milliarden Vollidioten auf diesem Planeten wirklich allein im Universum? Was passiert nach dem Tod mit uns? Hat der Attentäter, der 1963 John F. Kennedy erschoss anno 1933 auch den Reichstag in Berlin angezündet? Verarbeiten die drüben in der Ex-Zone für ihren berühmten Baumkuchen wirklich Bäume? Und wenn ja, welche? Ich meine, die hatten vor der Wende ja nix außer ein paar vom sauren Regen verätzte Kiefern. Fragen über Fragen, von denen nicht eine vernünftig beantwortet werden konnte. Und nein, irre Verschwörungstheoretiker, die in der Kanalisation von Stuttgart eine Armee von Migranten vermuten, die demnächst das deutsche Volk auslöschen werden, zählen definitiv nicht.

Eine noch weitaus wichtigere Frage, die mich seit meiner Kindheit beschäftigt, scheint aber kurz vor ihrer Auflösung zu stehen. Schon auf meinem schicken, knallroten Töpfchen grübelte ich darüber nach, was der Weihnachtsmann eigentlich treibt, wenn nicht gerade Weihnachten ist. Wo hängt er rum, was ist seine Aufgabe? Klar, einmal um den Erdball innerhalb von 24 Stunden mit Millionen von Päckchen und Paketen, das muss schon ziemlich anstrengend sein. Ein bis zwei Monate Schlaf wird er sich danach gönnen. Und in den Wochen vor Weihnachten muss er seine Arbeiter beaufsichtigen, die Spielzeug herstellen, Spezereien backen und seine Rentiere warten, damit sein Schlitten am entscheidenden Tag nicht nur auf acht Pötten läuft. Aber den Rest der Zeit? Nur irgendwelche Rotzgören beobachten, ob sie ja auch brav sind, kann nicht abendfüllend sein. Außerdem bekommen alte Männer mit Rauschebärten, die heimlich Kindern hinterher spannen, ganz schnell einen schlechten Ruf.

So grübelte ich als Stöpsel und grübelte auch noch als Erwachsener, bis ich im letzten Sommer eine unglaubliche Entdeckung machte: Der Weihnachtsmann wohnt inkognito in Braunschweig und dealt mit geklauten Fahrrädern! Woher ich das weiß? Das kam so: Ich saß an einem sonnigen Spätsommertag vor dem X-Trend, einer Lokalität vis-à-vis den Schloss Arkaden. Ein schöner Platz, wo man am späten Nachmittag den vorbeiflanierenden Menschen zuschauen und sich das eine oder andere Kaltgetränk in die Figur schütten kann ohne gleich unangenehm aufzufallen. Wie immer kamen vor lauter Hormonausstoß ganz hibbelig herumstreunende Jugendliche, gestresste Mütter mit krakeelenden Kleinkindern, Hipster mit gefönten Bärten und diverse gesellschaftliche Randgestalten mit Hunden vorbei, doch ein bestimmter Mann erregte mein vorerst beiläufiges Interesse. Es war ein älterer Herr, dessen Alter schwer zu bestimmen war, sein zauselig-weißes Gesichtsfell flatterte sanft in der Luft, sein rotes T-Shirt strahlte mit der Sonne um die Wette. Er trug trotz über 20 Grad im Schatten schwarze Stiefel, aber wer sich einmal nachmittags in Braunschweig in die Stadt gesessen und Leute beobachtet hat, wird daran noch bei weitem nichts Spannendes entdecken. Seine auffällig großen Hände umklammerten eine Flasche mit Cola, er pfiff eine fröhliche Melodie, die ich nach kurzem Stutzen als »Morgen kommt der Weihnachtsmann« identifizierte. »Seltsamer Vogel«, dachte ich, und widmete mich wieder meinem Smartphone. Einige Tage später saß ich an gleicher Stelle, ungefähr zur gleichen Uhrzeit. Den Typen hatte ich längst vergessen, als er abermals in mein Blickfeld gestiefelt kam. Wieder das rote T-Shirt, wieder die Cola in der Hand, wieder pfiff er das Weihnachtslied. Ich schaute ihn mir genauer an. Ein grauer, etwas wirrer Haarschopf umrahmte ein pausbäckiges Gesicht, die Wangen von einem fast unnatürlichen Rot. »Trägt der Rouge auf?«, ging es mir durch den Kopf und schaute noch genauer hin. Sein dicker Bauch wölbte sich unter dem roten Shirt, die eisblauen Augen schienen die Umgebung ohne erkennbare Gefühlsregung zu mustern. Er verschwand in Richtung des Einkaufstempels, kehrte aber schon wenige Minuten zurück. Einer inneren Stimme folgend entschloss ich mich, dem Typen zu folgen. Hektisch bezahlte ich und hing mich an seine Fersen. Der jahrelange Konsum von Hörspielen der »drei ???« sollte nicht umsonst gewesen sein.

Er ging flott aber keineswegs hektisch Richtung Norden, den Bohlweg rauf und über den Hagenmarkt. Sein Blick schweifte scheinbar mal hier hin, mal dort hin, er pfiff immer noch. Ich drückte mich in Hauseingänge, mischte mich unter vorbeispazierende Passanten und nahm jede Mülltonne dankbar als Deckung an. Aber mein Opfer drehte sich nicht einmal um. Vielmehr ging er immer weiter und weiter, bis er schließlich in die Abt-Jerusalem-Straße in der Nähe der Uni einbog und in einem schäbig wirkenden Hauseingang verschwand. Ich studierte die Klingelschilder des Mietbunkers. Schmidt, Hollermann, Öztürk und Claus. Claus, rote Klamotten, Weihnachtslied, so langsam dämmerte mir, dass ich hier einer wichtigen Sache auf der Spur war. Ich beschloss, den seltsamen Kollegen nicht mehr aus den Augen zu lassen, suchte mir ein komfortables Gebüsch gegenüber der Haustür und richtete mich häuslich ein. In Filmen, Büchern und Hörspielen werden Beschattungsszenen immer nur verkürzt dargestellt oder romantisiert, das wurde mir an diesem Tag schmerzlich bewusst. Drei Stunden auf eine Tür zu starren, die sich nicht öffnet, ist psychische Folter, da kann der Chinese noch was lernen. Gerade als ich meine letzte Zigarette geraucht hatte und einpacken wollte, tauchte ein geiergesichtiger Typ in langem Mantel und mit Kapuze auf dem Kopf auf, der auf eine der Klingeln drückte. Bei sich hatte er ein schniekes Rennrad, das Ding sah verdammt teuer aus und passte so wenig zu der verschrobenen Gestalt wie dessen Outfit zum Wetter. Es dauerte eine Weile bis sich die Tür öffnete und mein Claus, ich war mir mittlerweile sicher, dass er nicht Schmidt, Hollermann oder Öztürk hieß, das Geiergesicht begrüßte. Dann spähte mein Beschattungssubjekt in die langsam einsetzende Dämmerung und ließ die zwielichtige Gestalt mit dem Rad in den Hausflur. Die beiden und die Rennmaschine verschwanden im Inneren der Baracke. Ich fluchte und schlich um das Haus herum, in der Hoffnung, ein beleuchtetes Kellerfenster zu entdecken. Und ich hatte tatsächlich Glück, im Hinterhof fand ich den gesuchten Einblick. Die beiden standen in einem erstaunlich großen Raum, in dem mehrere sehr kleine Menschen damit beschäftigt waren, Fahrräder jeglicher Art und Größe neu zu lackieren. Manche bekamen einen silbernen Anstrich, andere einen blauen, grünen oder pinken. Andere Kleinwüchsige waren scheinbar dabei, die Seriennummern aus dem Rahmen der Diebesbeute zu feilen, wieder andere untersuchten Räder nach offensichtlichen Schäden oder Macken. An der Wand hing ein Gestell mit mehr als zehn wie fabrikneu aussehenden Drahteseln. Eine internationale Fahrradverschieberbande? Es sah so aus, denn in diesem Moment gab mein Claus dem Geiergesicht einen Geldschein und eine Zuckerstange. Dann holte er eine Brille aus der Tasche, zückte eine lange Liste und studierte diese eingehend. Er zeigte schließlich mit dem Finger auf eine Spalte, was das Geiergesicht mit einem Nicken quittierte und den Raum verließ.

In den nächsten Tagen und Wochen überlegte ich mir, was zur Hölle ich da gesehen hatte und ob ich die Polizei verständigen sollte. Ich entschied mich dagegen und spähte im Schutz der Dunkelheit noch einige Male durch das Kellerfenster. Nach einigen Tagen schienen sie die Produktion umzustellen, Geiergesicht mit der Kapuze schleppte nun ein Dreirad nach dem anderen an und kassierte fleißig weiter Geld und Zuckerstangen. Einmal gab es sogar ein ganzes Lebkuchenhaus. Auch diese Dinger (also die Dreiräder, nicht die Süßigkeiten) wurden umlackiert und bei Bedarf repariert. So ging das immer weiter. Als ich zum dritten Mal fast erwischt worden wäre, einer der Kleinwüchsigen kam zum Fenster, um ein wenig Luft reinzulassen, entschied ich mich, diesen feinen Herrn Claus zur Rede zu stellen. Eines Morgens klingelte ich bei ihm, er drückte auf den Summer, und da stand ich vor seiner Wohnungstür. Er trug einen Pyjama mit Rentieraufdruck, aus der Wohnung zog der Duft von Eierlikör und Zimtstangen. Er schaute mich finster an. Ich sagte ihm auf den Kopf zu, dass ich ihn und sein schmutziges Spiel durchschaut hätte, worauf er ein lautes Lachen ausstieß, das wie »Ho, Ho, Ho« klang, nur irgendwie nicht freundlich. Dann packte er mich mit seinen schaufelgroßen Händen am Kragen und flüsterte mir ins Ohr, dass ich schön die Fresse halten solle, wenn ich in meinem Leben auch nur noch ein lumpiges Weihnachtsgeschenk erhalten wolle. Er setzte mich wieder ab und knallte die Tür zu.

Ich schlich nach Hause und versuchte, die ganze Geschichte zu vergessen. Wer weiß schon, wozu diese irre Bande noch fähig war? Doch letztes Weihnachten stand dann tatsächlich ein Fahrrad unter dem Baum, das silbern glänzte und wie neu aussah. Ich brach ob des Gewissenskonfliktes fast in Tränen aus. Aber nach ein paar Runden auf meinem neuen Gefährt legte sich das, dieses Bike fuhr sich einfach zu gut. Und so wäre das Geheimnis des Weihnachtsmannes und seiner illegalen Braunschweiger Werkstatt vielleicht nie an die Öffentlichkeit gelangt, wenn man mir vorgestern nicht mein schönes neues Rad geklaut hätte. Am helllichten Tag, mitten im Magniviertel. Dort, wo es gestanden hatte, lagen nur noch das geknackte Schloss und ein dünnes Reisigbündel. Ruprecht, das alte Geiergesicht.

Ich eilte nach Hause und begann sofort damit, die ganze Story aufzuschreiben. Hoffentlich ist sie anderen eine Warnung, hiermit stelle ich sie der Öffentlichkeit zur Verfügung. Ich selbst lebe seit 36 Stunden im Untergrund, denn ich kann mir vorstellen, dass die Gegenseite auf Rache sinnt. Erschlagen mit einem Tannenbaum oder Vergiftung durch bleihaltiges Lametta. Darauf kann ich wirklich ... Oh, Moment. Gerade klingelt es an der Tür. Oder vor der Tür? Seltsam, ich habe doch gar keine Klingel ...

Himmelfahrt

Gebeugt saß er auf der Bank am Schlossplatz, die in einem weiten Kreis den Stamm der jungen Platane umfing. Ein schwacher Wind wehte den Geruch von Bratwurst und gebrannten Mandeln vom Weihnachtsmarkt herüber. Er hörte den Trubel der feiernden Menschen, Rufe und Gelächter, hin und wieder den zerfetzten Refrain eines Weihnachtsliedes, der trunken über den weiten Platz vor dem pompösen Einkaufszentrum geworfen wurde.

Vor ihm stand der riesengroße Weihnachtsbaum. Eine Jahrzehnte alte Fichte aus dem Harz, zwanzig

Meter hoch und geschmückt mit vielen tausend Lichtern, die in der Dunkelheit funkelten wie ein Sternenzelt über der Wüste. Immer wieder blieben Passanten stehen, um sich vor der Majestät zu fotografieren. Selfies, lachende Gesichter unter Pudelmützen mitten in dem glitzernden, künstlichen Firmament. Hinter dem glamourösen Baum saß irgendeiner der Herrscher des vergangenen Herzogtums hoch auf seinem in der Bewegung erstarrten Ross, stolz und in der grünen Tracht kupferner Denkmäler.

Aber für all das hatte Michael heute Abend kaum einen Blick. In sich zusammengesunken, die Ellenbogen auf die Knie gestützt, starrte er nur auf seine braunen Lederschuhe, in denen Füße steckten, die ihn bald nirgendwo mehr hintragen würden.

Auf dem Rand der Plattform unter dem Sockel des Fürsten saßen ein paar Jugendliche. Tranken, rauchten und freuten sich auf einen fröhlichen Abend mit Glühwein, Bier und Bratwurst. Aus den Augenwinkeln heraus beäugt von drei bewaffneten Polizisten, die schlendernd ihren Streifgang absolvierten und aufpassten, dass nichts passierte. Unweit davon stand eine Frau mit einem kleinen Kind an der Hand, das fragend auf die Beamten wies. Dahinter eine junge Mutter mit Kopftuch und einem Kinderbuggy neben sich, die auf ihr Smartphone schaute.

Michael seufzte schwer. Konnte die Tränen nicht mehr zurückhalten. Weinte wieder leise. Überwältigt von dem unerträglichen mentalen Schmerz des nahen

Todes, der ihm die Brust zerriss und den Magen wie durch einen Fleischwolf drehte. Wie hatte der Krebs so lange unbemerkt in ihm wuchern können? Seit er es wusste, fühlte er sich, als würde ein Alien in ihm heranwachsen. Ein Parasit, der sich von seiner Leber ernährte und den er nicht mehr los wurde. Er ging mit dem absolut Bösen schwanger und die Geburt würde sein Ende sein.

Als würde das Alien ihn verspotten, zog es die Metastasen zusammen wie rostiges Stacheldraht. Ein dumpfer, eiskalter Schmerz durchfuhr seinen Körper wie flüssiger Stickstoff, den ihm jemand in die Blutadern pumpte. Er löste die Ellenbogen von den Beinen, richtete sich auf, griff in die Innentasche seiner Jacke und zog die Schachtel mit dem Schmerzmittel hervor. Drückte zwei Tabletten aus der Packung, schluckte sie trocken hinunter.

Die OP-Narben pochten und juckten. Mit der Hand fuhr er sich unter die Jacke und schabte vorsichtig mit dem Daumen darüber. Drei Operationen hatte er hinter sich. Die vierte würde er mit an Sicherheit grenzender Wahrscheinlichkeit nicht überleben, also beließ man es dabei. Er saß hier wie ein lebender Toter, drückte den schmerzenden Rücken durch, schob die graue Strickmütze auf seinem kahlen Kopf zurecht. Schaute sich um. Sah die fröhlichen Gesichter unter dem Sternenglanz des Weihnachtsbaums, sah die jungen Leute auf dem Podest der Reiterstatue, die ausgelassen und voller Lebensfreude die ewig gleichen, schlaksigen Rituale der Pubertierenden vollzogen. Sah Menschen, die anscheinend die geschmückte Fichte als Treffpunkt ausgemacht hatten und sich voller Freude in die Arme fielen.

In drei Wochen war Weihnachten. Nur mit viel Glück würde er das noch erleben, »Last Christmas«, was für ein Hohn. Er hatte alle Menschen, die ihn liebten, gebeten, diesen aller Voraussicht nach letzten Gang durch Braunschweig allein bestreiten zu dürfen. Sich still von der Stadt zu verabschieden, in der er geboren war. Von all den Plätzen, Ecken, Straßen und Gebäuden, von denen nicht wenige Spielorte für Szenen seines Lebens gewesen waren. Die Erinnerungen wallten in ihm, als blättere er in einem riesigen, lebendigen Fotoalbum: Der Schlosspark, der Bohlweg, McDonald's, Stresa und das Lindis.

Neben seinem rechten Fuß stand eine leere Bierflasche. Er griff danach und wiegte sie in der Hand. Gern hätte er jetzt ein Wolters getrunken. Mit zwei, drei Kumpels von früher neben sich. Gesund und munter herumkrakelt. Wieder schaute er auf die Jugendlichen. Seufzte, fasste einen Entschluss und straffte seinen schmerzenden Körper. Ja, er würde sich jetzt ein Bier holen. Mit an Sicherheit grenzender Wahrscheinlichkeit eines der letzten. Egal, was dann mit ihm passierte, vollgepumpt mit Medikamenten. Total egal, dachte er, als er den aufheulenden Motor hörte.

Michael reckte den Hals. Weiter vorn den Bohlweg runter, dort wo ein zweiter Herzog auf seinem Sockel thronte, musste etwas passiert sein. Im Zwielicht sah er wie einige Leute plötzlich rannten, hörte erste Schreie, den Lärm des Motors, sah einen Körper durch die Luft fliegen und dann auch schon das Auto, das mit pendelndem Heck durch die Menge raste. Hier und da einen Menschen zur Seite schleuderte oder hoch in die Luft katapultierte. Ein Auto, das direkt auf ihn zukam. Die Scheinwerfer stachen kurz in seine Augen, wischten dann zur Seite. Der Wagen brach aus. Rammte die junge Mutter und den Kinderbuggy, der sich mehrmals überschlagend davon kreiselte. Die Mutter flog mit flatterndem Kopftuch durch die Luft, prallte auf die Frau und das Kind, riss sie zu Boden. der Wagen raste in die Jugendlichen, krachte gegen den massiven Sockel des Denkmals und zermalmte einen der Jungen.

Um Michael herum explodierte die Panik. Menschen stürzten kreischend davon. Rannten sich in Todesangst gegenseitig über den Haufen, stoben auseinander, denn der Teufel war hinter ihnen her. Er sprang auf. Aber anstatt zu fliehen, starrte er nur auf das Auto. Und den Mann darin. Er fühlte sich seltsam ruhig. Nicht wie ein Beteiligter, eher wie ein außenstehender Betrachter, jemand, der nicht mehr dazu gehörte. Er sah, wie der Mann aus dem Auto sprang. Hassverzerrt und mit einem langen Messer in der Hand eilte er auf einen am Boden liegenden wimmernden Verletzten zu. Und auch Michael setzte sich in Bewegung, einen Fuß vor den anderen.

Der Mann bückte sich, schrie »Allahu Akbar!« und stach dem Verletzten das Messer in den Hals. Michael begann zu laufen. Unter den Weihnachtsbaum hindurch. Wischte die gleißenden Zweige zur Seite. Der Mann brüllte und rannte auf die beiden Frauen und das Kind zu, die es nicht geschafft hatten, sich vom Boden hochzurappeln und in Sicherheit zu bringen. Und auch Michael rannte, sprang in zwei, drei großen Sätzen auf sie zu. War eine halbe Sekunde eher bei ihnen, als der Mörder. Stand vor ihnen, brüllte keuchend und schlug mit der Bierflasche zu. Traf die Schulter, aber zu schwach, als dass der Mann das Messer fallen oder gar von seinem Wahnsinn abgelassen hätte. Aus weit aufgerissenen Augen starrte er Michael an, spie ihm voller Hass seine Glaubensformel ins Gesicht und stach ihm das Messer in den Bauch.

Michael ließ die Flasche fallen und schaute dem Verrückten direkt in die von Hass und Drogen irren Augen. Dann packte er die Hand des Islamisten, bevor der das Messer wieder aus ihm herausziehen und gegen die Frauen und das Kind richten konnte. Etwas wie Überraschung blitzte kurz hinter dem Wahnsinn des Mannes auf, dann schlug er Michael mit der Faust ins Gesicht. Aber Michael ließ nicht los. Umklammerte mit beiden Händen und all der Kraft, die er noch besaß, die Hand des Attentäters und mit ihr den Messergriff. Der Mörder zerrte, schlug, brüllte, aber Michael ließ nicht los. Bis endlich die Schüsse der Beamten über den Schlossplatz hallten. Blut und Gewebe in sein Gesicht spritzten und der Terrorist plötzlich leblos zu Boden glitt.

Außer sich vor Angst schrieen die Frauen und krochen fort von dem Toten. Michael taumelte nach hinten. Die Hände immer noch um den Griff des Messers geklammert, das in seinem Bauch steckte. Das Kind kreischte furchtbar. Er stürzte. Lag auf dem Rücken unter der Weihnachtsfichte und schaute in die glitzernden Lichter. Die ihn emporhoben und mitnahmen, hinein in die Unendlichkeit des funkelnden Firmaments.

Süßer die Glocken

Der Besuch des Braunschweiger Weihnachtsmarktes, es kann nicht häufig genug erwähnt werden, ist für Einheimische wie Gäste natürlich Pflicht. Da selbiger allerdings schon kurz nach Sonnenuntergang seine Pforten schließt und auch in der Vorweihnachtszeit der Durst größer ist als das Heimweh, sind stationäre Alternativen auch und gerade kurz vorm Feste ein wichtiger Faktor. Vor allem dann, wenn man an diesem Datum Besuch aus der Bundeshauptstadt bekommt und diesem beweisen möchte, dass die Löwenstadt nach Einbruch der Dunkelheit auch noch die eine oder andere Sehenswürdigkeit zu bieten hat.

So ging es denn auch an diesem Tag durch die eiskalte Braunschweiger Nacht, von dieser Kneipe in jene, von Silber zu Gold, man kennt das Spiel. Gegen drei Uhr in der Früh war das Entenbratenbrötchen vom Markt verdaut beziehungsweise schwamm es in so viel Bier und Mexikaner, dass sich der in Scheiben geschnittene Wasservogel quakend ins Darmdickicht verzog. Mithin, es musste neues Futter nachgeschoben werden. Aus diesem Grund steuerten wir eine Kneipe an, die zu einer Uhrzeit, in der ein fleißiger Bäckersmann seine ersten Brötchen in den Ofen schiebt, noch eine amtliche Currywurst auf den Tisch bringt. Vor dem Etablissement befand sich ein Schild, dem niemand von uns größere Aufmerksamkeit schenkte. Niemand, außer der vorwitzigen Berlinerin, die sogleich vorlas: »Heute Autogrammstunde von Bert Wollersheim. Beginn: 22 Uhr.« Wir zeigten uns mächtig unbeeindruckt. Denn erstens interessierte uns der einstige Promifriseur, die spätere Rotlichtgröße und ganz späte Trash-TV-Koryphäe in Personalunion nicht im Geringsten. Und zweitens war es viele Stunden nach 22 Uhr, der gute Bert also wahrscheinlich längst im Bett.

Als wir den Laden betraten und uns an einen freien Tisch setzten, mussten wir allerdings feststellen, dass wir Berts Kondition unterschätzt hatten. Der stand, mit getönter Sonnenbrille und mehr Schmuck an Händen und Hals als die Königin von England in einer Ecke und kippte sich, umgeben von seiner Entourage, einen Drink nach dem anderen hinter die gebrannten Mandeln. Manchmal machte er Andeutungen von Tanzbewegungen zur laufenden Musik, stellte den Betrieb aber immer gleich wieder ein. Seine Begleiterinnen waren aber auch zu interessant. Zwei Damen sahen wie exakte Kopien seiner verflossenen dritten Ehefrau Sophia Vegas aus, mit allen, nun ja, nachträglich aufgeblasenen Merkmalen. Eine der beiden Grazien, mit Sicherheit auch nicht mehr ganz fahrtüchtig, versuchte immer wieder auf den Laptop des Haus-DJs einzutippen, um diesem ein genehmes Lied zu entlocken. »Hackevoll durch die Nacht«, »Dicke Titten Kartoffelsalat«, »Wir sind jedes Jahr auf Malle« oder etwas in dieser Preisklasse. Dabei stellte sie sich nicht sonderlich geschickt an, was auch daran lag, dass ihre Fingernägel sogar Freddy Krueger beeindruckt hätten. Jedes Mal, wenn sie mit den implantierten Pommespieksern auf der Tastatur herumklimperte, gab es ein hässliches Geräusch von Plastik auf Plastik, das trotz des Kneipenlärms und der »Musik« gut zu vernehmen war. Leider erwischte die verhinderte DJane bei ihren unkoordinierten Versuchen entweder gar keine Taste oder drei auf einmal, weshalb es zu seltsamen Unterbrechungen und Überschneidungen in der Klangversorgung kam. Die ganze Geschichte ging einige Minuten lang so weiter (und ich möchte nicht wissen, wie viele Stunden zuvor die Dame sich schon an dem technischen Gerät versucht hatte) bis es einem Mitarbeiter des Etablissements zu blöd wurde und er der Wasserstoffblondine ein saftiges »Nimm endlich deine widerlichen Krallen von dem Laptop« über den Tresen schickte. Die Angesprochene versuchte ein Lächeln, soweit das unter der Schminke und den Bockwurstlippen auszumachen war, und drückte weiter auf dem Computer herum. Vielleicht hoffte sie auch, dass der Automat endlich mal einen verdammten Kaffee ausspucken möge.

Hinter Bert hatte sich ein Bodyguard postiert, um allzu aufdringliche Fans in die Schranken zu weisen. Die gab es zu dieser Uhrzeit allerdings nicht mehr, nur noch vereinzelte Betrunkene wackelten an Wollersheim vorbei, erkannten ihn und baten um ein Autogramm oder ein Foto. Das lieferte der RTL II-Held allerdings anstandslos und mit weltmännischer Geste. Die restliche Zeit verbrachte er damit, den Damen in den Ausschnitt zu lugen und sich zu betrinken. Neben den beiden Hauptfrauen, die ganz nah an die Berühmtheit herandurften, saßen noch zwei weitere weibliche Bewunderer in gebührendem Abstand. Sie waren noch nicht so weit wie die anderen, das war deutlich zu erkennen. Die Extensions waren noch nicht so lang, die Lippen und Hupen noch nicht so dick, die Oberschenkel dafür umso dicker, die Schuhe nicht ganz so hochhackig und die Kleider nicht ganz so kurz und eng. Zweite Liga, ganz offensichtlich. Eine der beiden schien sich über irgendetwas furchtbar aufzuregen und schimpfte ohne Unterlass vor sich hin. Die andere, ziemlich angeschossene Grazie, war mit ihrem Ausschnitt beschäftigt, den sie mit der bedächtigen Ruhe einer Betrunkenen immer wieder zu ordnen versuchte. Vergeblich, denn eine ihrer beiden Möpse, blass wie ein Schneeball im nördlichen Finnland, hüpfte mit erstaunlicher Regelmäßigkeit wieder ins Freie. Auch dieses Schauspiel dauerte viele Minuten, und wir schauten fasziniert zu. Irgendwann kam ein weiblicher Gast an unserem Tisch vorbei, fing unsere Blicke auf und nickte wissend. »Das ist wie bei einem Verkehrsunfall. Du willst nicht hingucken, aber du tust es.«

Mit diesen treffenden Worten im Ohr verließen wir das Etablissement, um im silbrig-dampfigen Licht des frühen Wintermorgens gen Hauptbahnhof zu streifen. Dort stieg unsere Berlinerin in den Zug, allerdings nicht ohne zum Abschied noch einmal anerkennend mit dem Kopf zu nicken. Sie könne sich nicht erinnern, wann sie in ihrer Heimatstadt das letzte Mal einen so skurrilen Abend erlebt hätte. Nimm das, Metropole an der Spree. Löwe: 1 Bär: 0.

Schrottwichteln

Schief. Etwas war verdammt schiefgelaufen. Ich lag da, wimmernd und mit einem glatten Oberschenkeldurchschuss. Zum Glück, denn wenn die Kugel Bauch, Brust oder Kopf getroffen hätte, dann Ho-ho-ho, fröhliche Weihnachten! Schlimmer geht immer, aber so eine Wunde ist auch kein Spaß, das kann ich ganz klar sagen.

Also drückte ich mit fast tauben Ohren eine Hand auf das Loch in meinem Bein und kroch tiefer unter den Glastisch – in der Hoffnung, dass mich nicht noch ein

Geschoss erwischte – bis es nicht mehr weiterging, weil Primel den gleichen Gedanken gehabt hatte. Ilyas lag noch nicht am Boden. Dann krachte der nächste Schuss.

✳

Dabei hatte alles ganz harmlos angefangen, richtig schön langweilig, so wie die letzten drei Jahre auch. Nach der Bescherung und dem Weihnachtsessen bei meinen Eltern hatte ich mich abgemeldet, um mich mit der Clique zu treffen. Wir wollten zu Bibi, die in dem Hochhaus an der Okerstraße wohnte, dort ordentlich Schrottwichteln und später noch in die Stadt. Klar, richtig abfeiern. Und Ilyas Gesellschaft leisten, denn seine Jesiden-Familie war vor ein paar Jahren von den Islamisten erschossen worden. Der Rest lebte noch in Syrien und da wollte er auf keinen Fall wieder hin. Weihnachten war ihm natürlich schnurzpiepegal, aber wir anderen fanden, dass an diesen Tagen niemand allein sein sollte und hatten ihm Bescheid gesagt.

Josch, Primel und Jenny-Nanni kamen wie immer später und so warteten wir bei ein paar Bechern Glühwein und qualmenden Joints auf Bibis Balkon.

»Was hast du denn von deinen Eltern gekriegt?«, fragte Bibi und bibberte in dem kalten Wind.

»Das verrate ich doch nicht. Dann ist ja die Überraschung weg«, sagte ich, trank den Glühwein und schaute zu den beiden asymmetrischen Türmen der Andreaskirche hinüber, die, in andächtig gelbes Licht getaucht, ganz liturgisch in Braunschweigs Nachthimmel stachen. »Immer wieder eine tolle Aussicht von hier oben.«

»Was machen wir eigentlich mit ihm?« Bibi deutete mit ihrem Becher auf Ilyas. »Darf der auch mitmachen? Der hat doch gar kein Weihnachtsgeschenk.«

»Ich schenke ihm vorher eines von meinen«, sagte ich, denn ich hatte zwei Schrottwichtel- Päckchen von meinen Eltern mitgebracht. Und da waren keine Socken und keine Unterhosen drin, denn die hatte ich natürlich behalten.

Als wir wieder in der warmen Bude hockten und Linkin Park aus dem Speaker perlte, gab ich Ilyas eines davon. »Deine erste Bescherung!«, rief ich, stand auf und überreichte ihm förmlich das kleine, längliche Päckchen. »Hier mein lieber Ilyas«, imitierte ich meine Mutter. »Das ist für dich. Ich hoffe, ich habe das richtige ausgesucht und du hast deine Freude damit.«

Bibi lachte und Ilyas schaute mich groß an. Wie üblich hatte er nicht ganz verstanden, um was es ging. »Das ist ein Spiel«, sagte ich. »Und wenn du mitmachen willst, brauchst du ein Geschenk. Hier.«

Er sagte: »Geschenk? Fur mich?«, lachte, nahm das Päckchen und wollte sofort das mit Tannenzweigen bedruckte Geschenkpapier aufreißen.

»Nein, nein«, sagte ich. »Es ist ein Spiel, also, pass auf, ich erklär's dir ...« Noch bevor die anderen da waren, wusste er, wie unser Schrottwichteln funktionierte.

Josch, Primel und Jenny-Nanni kamen gegen neun. Jenny hatte eine angebrochene Literflasche Wodka im Arm und war schon ziemlich angeschossen. Jeder legte ein buntverpacktes Geschenk auf den Tisch. Das von Jenny war nur lausig eingepackt, und man konnte sehen, dass es ein Wecker war.

»Ey«, meinte Josch. »Warum behältst du den nich'? Kannst du doch auf eBay verticken.«

Das von Bibi war ziemlich groß. Fast einen halben Meter, würde ich sagen.

»Nö. Von wem hasse das denn bekommen?«, lallte Jenny. »Will ich!«

»Das hat mir mein Bruder vorhin vorbeigebracht. ›Aber nicht verschrotten‹ hat er gesagt.«

»Und jetzt steht es hier auf dem Tisch?«

»Es ist hässlich, bunt, total überflüssig und definitiv zu groß für meine Wohnung. Fangen wir an?«, sagte Bibi und verteilte die Geschenke zu Linkin Parks wuchtigem »In the End«.

Wir prosteten uns zu: »Fröhliche Weihnachten!« dröhnte es durch das Wohnzimmer wie ein Schlachtruf. Dann schüttelte ich den Würfel in der hohlen Hand und warf ihn auf den Tisch. Eine drei – und alle Päckchen wanderten dreimal nach rechts.

»Bei sechs ich aufmachen?«, fragte Ilyas vorsichtshalber noch einmal nach, als er dran war. Wir nickten, Primel goss die Gläser voll, wir tranken und schon nach der vierten Runde würfelte er, mit dem Schrott vor sich, den ich ihm vorhin geschenkt hatte, eine sechs.

Vorsichtig öffnete er das längliche Päckchen an den Klebestreifen, hielt schließlich die Schachtel in der Hand und las, was darauf stand, zog die Augenbrauen zusammen und fragte: »Was heißen ›Grrrillb'steck‹?«

»Mit dem spitzen Ding dreht man das Fleisch um«, sagte ich, »auf einem Grill. Und mit der Zange die Würstchen.«

Ilyas machte die Schachtel auf, nahm die zweizinkige Fleischgabel heraus, lachte und fuchtelte damit in der Luft herum.

»Vorsicht, pik dir nicht die Augen aus«, meinte Primel und griff sich den Würfel.

Nach der achten Runde hatte Jenny tatsächlich das große Geschenk von Bibi vor sich, würfelte wirklich eine sechs und das Schicksal nahm seinen Lauf. Damit war auch sie draußen und durfte es öffnen. Sie juchzte, wir stürzten den nächsten Wodka, dann starrten wir sie neugierig an, während sie das Geschenkpapier aufriss und eine große Schachtel zum Vorschein kam. Mit einem Sichtfenster aus Plastik.

»Boaa! Ist der geil!«, rief sie, riss die Verpackung auf und zog einen Nussknacker heraus, so lang wie mein Unterarm mit Hand. In roter Uniform, mit einem riesigen Schwengel am Hintern und zwei Reihen kräftiger weißer Zähne.

Wir grölten, beglückwünschten Jenny und Ilyas fragte, was das ist, als es an der Tür klingelte.

»Hoffentlich nicht wieder dieser blöde Typ von unten«, sagte Bibi.

»Ich gehe.« Josch stand auf, verschwand leicht schwankend in dem kleinen Flur.

Kichernd steckte Jenny gerade Ilyas Daumen in den Mund des Nussknackers, Primel goss Wodka nach, als Josch wieder in das Wohnzimmer kam. Kreidebleich und gefolgt von Bibis Bruder. Hinter den beiden erschien der schwarze, eckige Lauf einer Pistole in der Türfüllung, gehalten von einem bulligen Mann mit einem runden Gesicht und Mandelaugen. Plötzlich war es mucksmäuschenstill, nur Linkin Park ließ sich nicht beirren und der Rhythmus von »Battle Symphony« waberte weiter durch den Raum.

An dieser Stelle sollte ich vielleicht erwähnen, dass Bibis Bruder bereits einiges auf dem Kerbholz hatte. Geldstrafen, Sozialstunden, Knast. Sein Bewährungshelfer bekam ihn bald häufiger zu Gesicht als seine Eltern.

»Da rüber!«, brüllte der bullige Mann, wedelte mit der Pistole.

Josch wankte zum Sideboard, gefolgt von Bibis Bruder, der die Hand hob, das Victory-Zeichen machte und »hey Leute, keine Panik« sagte. »Sieht schlimmer aus als es ist.«

»Shut up!«, brüllte der Typ, dann nahm er jeden einzelnen von uns nacheinander ins Visier. Ließ den Lauf der Waffe durch den Raum gleiten, als suche er etwas.

»Der Nussknacker.« Bibis Bruder streckte den Finger aus und zeigte auf den roten Holzsoldaten.

Mit vorgehaltener Pistole schritt der Mann auf uns zu. Beugte sich vor und wollte mit der Linken den Nussknacker grapschen, als Jenny, betrunken wie sie war, keifte: »Ey! Der gehört mir!«, und dann superschnell mit meiner, also Ilyas, zweizinkiger Grillgabel zustieß.

Hölle. Chaos. Ich weiß gar nicht genau. Es passierten so viele Dinge gleichzeitig, als hätte Jenny eine Bombenexplosion ausgelöst. Ein tierisch lauter Knall. Etwas krachte auf mein Bein, als hätte jemand mit einem Hammer darauf geschlagen. Alle waren wir perplex, wie laut ein Schuss war. Halbtaub stoben wir auseinander wie aufgescheuchte Hühner. Ich glitt zu Boden. Der Typ semmelte Jenny eine rein. Auch Bibis Bruder und Josch warfen sich auf das Laminat. Ich kroch unter den Tisch, glotzte durch die Glasplatte. Primel leistete mir Gesellschaft und Bibi war hinter das Sofa gehechtet. Nur Ilyas war wie zu einem Eisblock erstarrt im Sessel sitzen geblieben.

Ich drückte zitternd meine Hand auf das blutende Loch in meinem Oberschenkel. Dann krachte der nächste Schuss. Putz stob von der Decke. Mit einem höllischen Pfeifen im Ohr sah ich, wie Ilyas den Mund aufriss. Wie er begann, mit den Fäusten auf die Lehnen des Sessels einzuschlagen. Hörte seine Schreie, erst gedämpft, aber dann immer lauter und lauter. Seine Stimme überschlug sich, er keifte, kreischte, Mann, ich hätte nie gedacht, dass ein Mensch solche Töne produzieren kann. Ich dachte erst, er sei auch verletzt, aber das war er nicht. Vollkommen irre schlug er auf den Sessel ein, rutschte runter auf den Fußboden, trat und schlug um sich. Vollführte am Boden liegend einen Veitstanz, als sei ein Tobsüchtiger von einer Tarantel gestochen worden. Dabei grölte er ununterbrochen so infernalisch, dass sich weißer Schaum vor seinen Mund bildete.

Ich glaube, wir alle starrten ihn an und erwarteten jeden Augenblick, dass er das Becken vom Boden hob, sein Gesicht auf den Rücken drehte und anfing verkehrtherum durch die Gegend zu krabbeln wie ein Besessener vor der Teufelsaustreibung.

Bibis Bruder war der erste, der sich traute, zu ihm zu gehen. Gefolgt von Jenny, die sich schwankend neben ihn hockte und versuchte eine seiner Fäuste einzufangen. Ich kroch unter dem Tisch hervor und schob mich ächzend wieder auf das Sofa, wobei ich natürlich alles mit meinem Blut vollsaute. Ich schaute in die Runde. Der bullige Typ war verschwunden und auch der Nussknacker stand nicht mehr auf dem Tisch. »Shadow of the Day« sang Chester Bennington.

Ilyas wurde etwas ruhiger. Ich sah, wie Jenny ihm eine Hand auf die Wange legte und schließlich seinen Kopf in ihren Schoß bettete, während langsam wieder Leben in seine Augen kam.

»Na, ich geh dann mal«, sagte Bibis Bruder und drehte sich um.

»Wir sprechen uns noch, du Arsch!«, schrie seine Schwester ihm hinterher.

»Alter, was war das denn?« Josch setzte sich zitternd die Wodkaflasche an den Hals.

»Was wohl«, sagte Bibi. »Ich wette, da waren jede Menge Drogen drin. Crystal Meth oder so'ne Scheiße. Gib mir mal die Pulle.«

»Nein, ich meinte ihn«, sagte Josch und zeigte mit dem Finger auf Ilyas.

»Ich ... denke mal«, stammelte ich, »das ist ... so eine Art ... Trauma ... vom Krieg ... und Gemetzel ...« Ich bekam noch mit, dass alle zu mir sahen. Dann war Sense und erst viel später, also nach der OP, kam ich wieder zu mir.

WHITE CHRISTMAS.

Von drauß vom Walde

Auch in der Weihnachtszeit gibt es so etwas wie Grundbedürfnisse, die durch den ganzen Klimbim rund um das Fest der Liebe nicht tangiert werden. Ja, selbst wenn die Luft noch so sehr nach gebrannten Mandeln duftet, die Straßen durch Unmengen von Glitzersternen erhellt werden und beim Schlachter nebenan eine mit roter Kapuze verhüllte Mettwurst aus dem Fenster winkt, an einem Samstagnachmittag gibt es doch nichts Schöneres, als die heimelige Stammkneipe anzusteuern, um die Fußballbundesliga zu verfolgen. So war es auch an diesem Nachmittag, als der Weg durch Schnee und Wind ins östliche Ringgebiet führte. Heute sollte nicht nur die Konferenzschaltung um 15:30 Uhr verfolgt werden, nein. Das so genannte Topspiel des Abends hatte seinen Namen mal ausnahmsweise wirklich verdient, sollte mithin im Anschluss gleich noch mit verhaftet werden. Volles Programm, dazu Currywurst aus der Fritte und einheimische Brauereiprodukte. Ein Fest vor dem Fest, sozusagen.

Der Platz am Tresen war noch gar nicht richtig eingenommen, die erste Hand mit Erdnüssen nicht vertilgt, als die Wirtin mit bedauernder Miene auf eine kleine Tafel wies. »Heute ab 17 Uhr Weihnachtsfeier«, stand darauf zu lesen. Da stellte sich doch tatsächlich irgendein Kegelklub zwischen mich und meine Freizeitgestaltung. Mit messerscharfem Verstand analysierte ich, dass ich gerade mal die erste Halbzeit der Nachmittagsspiele würde sehen können, um dann flink die Lokalität zu wechseln. Im Östlichen im Grunde ja nicht das Problem. Trotzdem empfand ich ein wenig Bitterkeit, als ich kaum eine Stunde später in meine immer noch nasse Jacke schlüpfen musste und die Straße entlang wanderte. Der Schnee war jetzt in Regen übergegangen. Im nächsten Etablissement erwarteten mich eine riesige Glotze, genug freie Plätze und frisch aufgefüllte Schalen mit Erdnüssen. Kaum hatte ich mich zum Anpfiff der zweiten Hälfte auf den Stuhl gehievt, machte mir der Wirt klar, dass ich nicht zu heimisch werden sollte. Er müsse den Laden heute früh dichtmachen, dringende private Angelegenheit. Zu essen gebe es nur Erdnüsse, für jeden Gast maximal ein Schälchen. Aber bis 17:30 Uhr sei schon noch auf, es sei ja immerhin Samstag. Ich bedankte mich ob dieser unglaublich anständigen Geste seinen Gästen gegenüber, was der Zapfer mit der Kunstlederweste mit einem generösen Nicken zur Kenntnis nahm. Ironie gehörte definitiv nicht zu seinen Stärken. Wahrscheinlich war er zweiter Schriftführer des Kegelclubs, der nebenan gleich seine Weihnachtsfeier beginnen würde.

Ich konnte die zweite Hälfte kaum genießen, weil ich mich fortwährend damit beschäftigte, in welchem Laden ich denn wohl das Topspiel würde gucken können. Wiederum zwang ich mich in meine nasse Jacke und latschte durch den Matsch des Ringgebietes. In den Fenstern der Wohnungen blitzen Weihnachtssterne, Sternschnuppen und Schneemänner. Manch Lichterbogen erinnerte mich an die Weihnachten meiner Kindheit, die doch irgendwie magischer waren als eben jene im Erwachsenenalter. Mehr hochgiftiges Lametta am Baum, klar. Aber man musste sich wenigstens nicht solche Gedanken machen, welche Kneipe den passenden Pay-TV-Kanal hat. Da wurde um 18 Uhr Sportschau geguckt und der komplette Spieltag abgehakt. Gunabend Allerseits und fertig. So in Gedanken versunken stand ich schließlich vor dem nächsten Hort der Wärme. Was würde nun passieren? Würde man mich abweisen, wie einst Josef und Maria. Würde ich in einem Stall landen? Ohne Fernseher und Nüsschen? Wer würde mir Weihrauch schenken, und was zur Hölle fängt man mit Weihrauch eigentlich an? Nein, so schlimm kam es dann nicht. Auch in dieser Bar waren wieder einige Plätze frei, die Wirtin lächelte freundlich und der Bildschirm füllte fast den kompletten hinteren Bereich der Kneipe aus. Zum nunmehr letzten Mal hängte ich meine tropfnasse Jacke an den Haken und schwor mir, sie erst wieder anzuziehen, wenn sie getrocknet war. Komme, was da wolle. Und so wäre es wohl auch gekommen, wenn nicht exakt 27 Minuten nach Anpfiff ein lauter Knall die gemütliche Atmosphäre nachhaltig erschüttert hätte. Wenige Millisekunden später wurde der Bildschirm schwarz und es roch nach verschmorten Kabeln. Die Wirtin war komplett aus dem Häuschen, warf die Hände gen Himmel und verfiel in ein anstrengendes Lamentieren. Neuer Fernseher, gerade heute, wo ihr Mann nicht da sei und so weiter. Ich hörte nicht hin, ich kämpfte mit meinem eigenen Schicksal. Wenig weihnachtliche Flüche ausstoßend nahm ich meine Jacke, kämpfte mich durch die Dunkelheit und landete schließlich in der vierten Lokalität des Abends. Ich hatte zwei Tore und das halbe Spiel verpasst, ich fror, war hungrig und hatte keine Lust mehr auf Fußball. Auf dem Nachhauseweg torkelten mir zwei Betrunkene just aus dem Laden vor die Füße, in dem meine Odyssee viele Stunden zuvor begonnen hatte. Eindeutig Kegelbrüder. »War doch ne klasse Weihnachtsfeier«, lallte der erste, während der zweite zustimmend nickte. »Um Weihnachten ist halt doch immer am gemütlichsten.« Es hätte nicht viel gefehlt und ich wäre zum ersten Christmas-Ripper der Löwenstadt geworden.

Stairway to Heaven

Der Weg kam ihr himmelhoch weit vor, steil und kaum zu schaffen. Stöhnend erklomm die gewichtige Frau Stufe um Stufe der Treppe, die hoch in den vierten Stock führte, um endlich mal wieder Weihnachten mit ihrer Familie zu feiern. Die Taschen vollgepackt mit Geschenken für die Bescherung ihres Enkels und der anderen Kinder, natürlich auch mit Schokoladenweihnachtsmännern, Keksen, Kartoffelsalat, Buletten und Würstchen.

Den ersten und zweiten Absatz schaffte Margarete noch ohne anzuhalten und die Taschen abzusetzen. Und das trotz ihres Übergewichts, der Bypässe, der kaputten Hüfte und ihrer durch jahrzehntelanges Rauchen malträtierten Lunge.

Sie hatte unten vor dem Haus auf die Klingel gedrückt, aber es hatte niemand den Türöffner betätigt. Weder ihr Sohn Tom noch dessen momentane Freundin Maxi und auch keines der vier Kinder. Drei von der Freundin, eins von ihrem Sohn. Ihr Enkel Niklas, der war jetzt neun. Zugegeben, die von der Maxi waren vielleicht auch noch etwas zu klein, zwischen drei und sieben Jahre alt und weiß der Teufel, wer ihre Väter waren. Egal, sie hatte ja einen Schlüssel. Aber dieses verdammte Haus leider keinen Aufzug. Es war fast doppelt so alt wie sie.

Auf dem Absatz zum zweiten Stock musste Margarete kurz anhalten, wegen der Schmerzen in der Hüfte. Ohne die Taschen abzusetzen stand sie da. Vielleicht hätte sie doch weiter auf die Klingel drücken und abwarten sollen, bis jemand heruntergekommen wäre. Sie seufzte, denn sie wusste, dass das nichts genützt hätte. Tom hatte ihr noch nie geholfen. Sie hatte nie so genau verstanden, was mit dem Jungen los war. Ihm alle Liebe gegeben, zu der sie sich imstande gesehen hatte. Vielleicht waren die Prügel schuld daran, die er von seinem nichtsnutzigen, versoffenen Ziehvater als Kind hatte einstecken müssen?

Sie zuckte die Schultern, atmete tief ein und stieg weiter die Stufen hoch. Auf jeden Fall hatte sie sich nie auf Tom verlassen können. Als sie wegen der Bypässe im

Krankenhaus lag, hatte er sie nicht ein einziges Mal besucht. Dabei war sie immer zu ihm in die JVA gefahren, wenn er mal wieder wegen Raub oder Körperverletzungen einsaß. Wegen Dealerei und illegalem Waffenbesitz.

Die Tasche mit den Geschenken war nicht so schwer wie die mit dem Essen. Essen war wichtiger. Sie hatte immer alles für Tom getan. Auch als er schon längst ausgezogen und mit einem Kumpel in einem wahren Dreckloch gehaust hatte. Eingekauft und die Wäsche gemacht, damit er nicht völlig verwahrloste. Bis er sie irgendwann mit einer zerschlagenen Flasche aus der verwanzten Bude gejagt hatte. Margarete seufzte. Schwamm drüber. Das war lange her und jetzt hing die Tasche mit dem Weihnachtsessen schwer an ihrer Hand. Noch zwei knarrende Stufen und sie hatte den Absatz zwischen dem zweiten und dritten Stockwerk erreicht. Sie musste wieder stehenbleiben. Schwitzte und ihr Herz pumpte auf Höchstleistung.

Als Tom, natürlich ohne ihr Wissen, selbst Vater geworden war, tat sie alles was ihr möglich war für seinen Sohn Niklas. Sie hatte gedacht, jetzt würde Tom sich fangen, und sein Leben ändern. Aber das war nicht geschehen. Die Kindesmutter hatte sie nur zwei Mal zu Gesicht bekommen. Einmal zu Weihnachten, kurz nachdem sie aus dem Entzug gekommen und auf Methadon war. Es war furchtbar gewesen. Sie alle hatten sich die ganze Zeit angeschrien, und Niklas Mutter und Tom waren besoffen noch bevor Margarete die Weihnachtsgeschenke verteilt hatte. Sie hatte sich den damals dreijährigen Niklas auf den Schoß setzen wollen, dann aber gerochen, dass seine Windel voll war. Wohl seit Stunden schon. Es war erbärmlich. Sie hatte ihn in das versiffte Badezimmer getragen und sauber gemacht.

Margarete stellte die Taschen ab, schob die Brille zurecht und atmete bewusst tief ein und aus, bis ihr Herz wieder etwas langsamer schlug. Sie hatte damals lange überlegt, ob sie das Jugendamt einschalten sollte, hatte es dann aber nicht getan. Auch weil die Kindesmutter ... wie war nochmal der verdammte Name gewesen? Ein Lächeln huschte über ihr dickes Gesicht und glättete kurz die ungestüm angemalten welken Lippen. Sie konnte sich wohl nicht mehr daran erinnern, weil die Schlampe tot war. Offiziell hieß es, sie sei beim Putzen aus dem Fenster gefallen. Margarete strich die blondgefärbten kurzen Locken hinter das Ohr. Holte noch einmal tief Luft. Bückte sich. Griff die Henkel der Taschen. Hob sie hoch und wollte den nächsten Treppenabschnitt in Angriff nehmen, als sich eine der drei Türen öffnete und ein kräftiger Mann mit schwarzem Haar und Bart in den Hausflur trat.

»Guten Tag, fröhliche Weihnachten«, sagte sie.

»Mir egal«, sagte der Mann. Er drängte sich an ihr vorbei, aber dann blieb er stehen und schaute sie an. »Ah. Sie die Mutter von denen oben? War wieder voll scheiße laut heute.« Er streckte den Finger aus und zeigte auf sie. »Musst du sagen aufhören, sonst isch kommen mal vorbei mit Bruder.« Er drehte sich um und polterte die Treppe runter.

Na, immerhin sind sie zuhause und ich habe diese Strapaze nicht umsonst auf mich genommen, dachte sie. Im Sommer, zu Niklas Geburtstag, war sie hier gewesen und hatte Maxi kennengelernt. Die schien ganz in Ordnung zu sein. Obwohl sie das Versprechen, sie würde Margarete mal anrufen, nicht eingehalten hatte. Nach Monaten hatte Margarete sie angerufen und sich für dieses Weihnachten quasi selbst eingeladen.

Sie nahm wieder die Taschen auf und machte sich ächzend auf den Weg, die letzten Stufen zu erklimmen, die hoch in den vierten Stock führten.

Doch, Maxi war in Ordnung. Die Wohnung sah zwar so aus, wie alle Wohnungen ihres Sohnes ausgesehen hatten, verdreckt, verraucht und voll mit leeren Bierflaschen. Küche und Bad klebrig von Schmutz und schimmligen Essensresten. Die beiden Kinderzimmer stanken nach Urin, auch von den Katzen. Aber Maxi hatte die Idee gehabt, ihr den Schlüssel zu geben, falls mal was wäre. Immerhin sei sie Toms Mutter, hatte sie gesagt, und wem sollte man sonst vertrauen, wenn nicht der Familie? Klar, ihr Sohn war fast ausgerastet, aber Maxi hatte nicht nachgegeben. Erst als Tom ihr in das strähnige rote Haar gegriffen, ihren Kopf nach hinten gerissen und ihr ins Gesicht gebrüllt hatte: »Niemals kriegt die blöde Kuh den Schlüssel!« Aber beim Verabschieden hatte Maxi ihr ihn doch heimlich zugesteckt.

Schon nach den paar knarzenden Stufen zum nächsten Absatz raste ihr Herz wieder wie ein Dampfhammer. Weil die Hüfte so schmerzte, zog sie das rechte Bein auf die Stufe nach, auf der ihr linker Fuß stand. Sie keuchte, aber plötzlich schien etwas ihren Hals zuzuschnüren und sie bekam keine Luft mehr. Mitten auf der Treppe blieb sie stehen, lehnte sich an die Flurwand und musste regelrecht um Atem ringen. Jetzt machten sich die vierzig Kilo Übergewicht, die sie mit sich herumschleppte, richtig bemerkbar. Die Ärzte hatten ihr gesagt, sie müsse unbedingt abnehmen, aber sie hatte es nicht geschafft. Ihr Wille hatte die Kraft eines Regenwurms, wie immer.

Mit rasselnder Lunge schnappte sie nach Luft, als sie aus einer der tieferliegenden Wohnungen laute Musik hörte. Gitarrengezupfe und eine Blockflöte. Wenn sie sich recht erinnerte, war das ein Lied aus den Siebzigern. Einer der Songs, die sie gehört hatten, als die Welt noch in Ordnung gewesen war. Bevor sie Braunschweig verlassen und nach Hamburg gegangen war. Sie röchelte schwer. Der Titel fiel ihr ums Verrecken nicht mehr ein. Aber es war eine so schöne Zeit gewesen, damals in der Südstadt. Sie hatten im Hermann-Löns-Park abgehangen. Die ersten Zigaretten geraucht, die ersten Biere getrunken. Im Sommer an der Kieskuhle am Heidberg Esbecker Kirschwein. Irgendwer hatte billigen Rum mitgebracht, einen Kassettenrekorder, und einen Joint.

Ihre Atmung hatte sich nicht normalisiert, das Herz nicht beruhigt. Trotzdem stieß sie sich von der Wand ab, um ihren Aufstieg fortzusetzen. Gerührt von der Musik, die sie von jetzt auf gleich auf eine Zeitreise geschickt hatte, lief ihr eine Träne über das Gesicht. Wieder setzte sie den linken Fuß auf die Stufe, zog den rechten nach.

Gute, alte Zeit. Immer mehr Tränen flossen ihr aus den Augen, perlten über das dick aufgetragene Make-up. Sie konnte es nicht verhindern. Jetzt nahmen ihr auch noch die verdammten Tränen den Atem. Scheiß Lied! Ihr wurde schwindelig und taumelnd erreichte sie den letzten Treppenabsatz. Eine fast vertrocknete Pflanze stand in der Ecke. Warum, verdammte Scheiße, konnte die niemand gießen?! Warum ließ man die einfach so vertrocknen?!

Sie wuchtete die Taschen auf den Absatz, versuchte sich am Geländer festzuhalten. Hatte aber nicht mehr genug Kraft, verdrehte sich dabei und saß plötzlich schwer keuchend auf der obersten Stufe.

Ihr Herz klopfte wie wild und nach Atem japsend schweifte ihr Blick durch das hölzerne Treppenhaus zu ihren Füßen. Das runde, seit Jahren nicht geputzte blinde Fenster. Zwischen Staub, Dreck und Papierfetzen lagen Tannennadeln verstreut umher. So ähnlich hatte das Treppenhaus in Hamburg ausgesehen. Von diesem Schwein. Auch er hatte unter dem Dach gewohnt. Auch damals war Weihnachten gewesen. Sie hechelte nach Luft, als würde ihr wieder jemand den Hals zudrücken. Konnte die Bilder nicht wegwischen, die das verdammte Lied hochgeholt hatte. Und jetzt fiel ihr auch wieder ein, wie es hieß, »Stairway to Heaven«. Wie mit einem Tusch setzten Bass und Schlagzeug ein.

In Hamburg war die Welt über ihr zusammengebrochen. Sie war jung, sie brauchte das Geld, hahaha, immer wieder ein guter Witz. Im »Goldenen Handschuh« war sie ihm begegnet. Das einzige, woran sie sich wirklich erinnern konnte, bevor sie den Filmriss hatte, war dieses Lied und sein heiseres Flüstern: »Du bist zu jung Mädchen, einfach zu jung.«

Trotzdem hatte er anscheinend ihre Zeche bezahlt, noch etwas daraufgelegt und total besoffen und bekifft war sie mit ihm gegangen. Sie wusste später nicht mehr, was er mit ihr angestellt hatte, aber die Kratzer, die blauen Flecken an ihrem Hals, die Schmerzen im Unterleib ... sie wollte es gar nicht wissen.

Als der Rausch nachgelassen hatte, war sie aus der Wohnung geflohen, diese verdreckte Holztreppe runter gepoltert, an dem runden Fenster vorbei, verfolgt von diesem Lied, dass er immer wieder gespielt hatte. Sich später von seinem Geld wieder fast bis zur Besinnungslosigkeit betrunken, aber nie mehr im »Goldenen Handschuh«.

Sie spürte ein leichtes Stechen im Herzen und drückte eine Hand darauf. Neun Monate später hatte sie Tom geboren. Ob dieser Drecksskerl aber wirklich sein Vater war, wusste sie nicht, denn damals war die Zahl ihrer »Freunde« hoch gewesen. Aber sie hatte immer gehofft, dass er es nicht gewesen war, er, Fiete, der Frauenmörder. Erst nach Toms Geburt war sie hierher nach Braunschweig zurückgekommen. Und hatte Toms Ziehvater kennengelernt, diesen Lumpenhund mit dem tollen Job bei der Bahn, dessen Rente sie seit ein paar Jahren kassierte.

Margarete wurde schwarz vor Augen. Das Lied verklang. Kraftlos sank ihr schwerer Körper in sich zusammen. Ihre Schulter prallte gegen die Wand, dann mit einem dumpfen Aufschlag ihr Kopf. Nur einen Augenblick später öffnete sich die Wohnungstür und Niklas schaute in den Flur. »Papa!«, rief er. »Papa! Oma liegt hier!«

Es dauerte etwas, bis Tom angeschlurft kam, dann Maxi und die anderen Kinder.

Der Puls war noch zu fühlen, als die Sanitäter Margarete unter großen Schwierigkeiten die Treppe hinuntertrugen, während die Kinder neugierig die Tasche mit den Weihnachtsgeschenken plünderten und Tom die mit dem Essen.

TROTZ EINIGER BEHERZTER VERSUCHE WAR DIE LETZTE
MÄNNERDOMÄNE EINFACH NICHT ZU KNACKEN.

A, a, a! Das Kindlein lieget da

Liebe Braunschweigerinnen und Braunschweiger, ich verstehe euch ja. Ihr freut euch auf Weihnachten, auf die vielen Lichterketten, die fröhlichen Lieder, die heimeligen Familienabende, Loriot, »Drei Nüsse für Aschenbrödel« und Alfred Tetzlaff im Fernsehen, das leckere Essen und die geistigen Getränke. Von all diesen Dingen habe ich armer Tropf jedoch nichts. Na gut, von letzterem schon, aber dazu später mehr.

Ich lebe schon seit vielen Jahren in Braunschweig und komme einigermaßen klar. Um meine exquisite Wohngegend mitten in der Innenstadt beneiden mich viele. Heute wäre so etwas wahrscheinlich gar nicht mehr bezahlbar, aber als Altmieter genieße ich Bestandsschutz. Ich bin quasi ein Teil von Braunschweig, es gibt sogar Stadtpläne, in denen meine Lage verzeichnet ist, was mich ein bisschen stolz macht. Ich habe zwar nur zwei Zimmer, die auch noch getrennt voneinander liegen (dazwischen gibt es rund vier Meter öffentlicher Weg, aber der ist wenigstens überdacht), doch ich will mich nicht beschweren. Freunde von mir müssen mit viel weniger Platz auskommen.

In der Woche genieße ich die Ruhe, trotz der zentralen Lage. Da lässt es sich leben wie in Frühpension, das sage ich Ihnen. Am Wochenende wird es schon mal turbulenter, klar, der Bohlweg liegt direkt um die Ecke. Das tobende Jungvolk verursacht einen unglaublichen Krach, dazu kommen einige ältere Besucher, die es mit der Hygiene nicht so eng sehen und auch gerne mal zwei vergammelte Zahnstümpfe als Restgebiss mit sich herumtragen. Wenn die direkt vor meiner Behausung eine Party feiern und/oder danach direkt bei mir einschlafen, dann ist das nicht so angenehm. Auch soll es vor meiner Tür schon zu Drogengeschäften gekommen sein, was ich selbst allerdings nie beobachten konnte. Wie gesagt, zu solchen Exzessen kommt es eigentlich nur am Wochenende, und auch nicht an jedem. Gut, der Schoduvel ist noch so eine Geschichte, wenn sich bunt bemalte Verwaltungsfachangestellte und als Piraten verkleidete Bankbeamte im Vernichten von aromatisierten Likören gegenseitig überbieten, aber der dauert nur einen Tag, das lässt sich irgendwie überstehen.

Die Vorweihnachtszeit jedoch ist für mich die reinste Hölle. Vier Wochen lang Dauerbetrieb, lachende Kinder, grölende Fußballvereine, kichernde Frauengruppen, und alle fühlen sich dabei auch noch so besinnlich. Mit Verlaub, Besinnlichkeit am Arsch. Das gilt vielleicht noch für ein paar Gören im Alter zwischen drei und acht Jahren, alle anderen sehen doch nur den Überfluss an Essen und Getränken, den sie straffrei in sich hineinkippen können, es ist ja schließlich Weihnachten. Ich kann dieses Gesabbel wirklich nicht mehr hören, denn wer hat die Bescherung am Ende? Ich ganz allein. Auch wenn die Betreiber des Weihnachtsmarktes in letzter Zeit ein paar weitere Toiletten aufgestellt haben, damit sich nicht alle um meine Butze versammeln; die Situation vor und hinter meinen Türen spottet in diesen ach so festlichen Tagen immer noch jeder Beschreibung. Ich habe Helmut Kohl nie gewählt, aber in einem Punkt hatte er leider recht: Entscheidend ist, was hinten rauskommt.

Entschuldigen Sie bitte, ich klinge sicher ein wenig negativ. Hab in letzter Zeit auch zu viel Nietzsche gelesen. Aber draußen färben sich die Blätter der Bäume schon wieder gelblich, die Tage werden kürzer. Es dauert nun nicht mehr lange, dann errichten sie rund um den Löwen die ersten Buden. Und mir klappern die Kacheln, aber ganz sicher nicht vor Vorfreude. Ich werde die letzten ruhigen Tage nutzen, um mir mal wieder ein paar Staffeln der Serie »South Park« anzuschauen. Die mit

Mr. Hankey, dem Weihnachtskot sind mir die liebsten. Aber das ist wahrscheinlich eine Berufskrankheit. Trotz allem wünsche ich Ihnen, liebe Leser, frohe Festtage. Und wenn Sie auf dem Braunschweiger Weihnachtsmarkt unter einem der geschmückten Tannenbäume an einer Glühweinbude mal ganz viel Langeweile haben, denken Sie einfach ein paar Minuten an mich. Ich wohne nur wenige Meter entfernt, von manchen Buden aus können Sie mich sogar sehen. Aber bei mir duftet es nicht nach gebackenen Champignons und Zuckerwatte, das kann ich Ihnen sagen und sogar beweisen. Schauen Sie gerne mal bei mir vorbei, ganz unverbindlich und ohne Voranmeldung. Aber auf eigene Gefahr.

Ihre öffentliche Toilette in der Dankwardstraße

Schnee von gestern

Wir haben einen Mann aus ihm gemacht. Eiskalt und Herzlos. Damals, kurz vor Weihnachten. Im hohen Schnee auf dem Frankschen Feld. Vielleicht liegt alles daran, ich weiß es nicht. Es ist so lange her.

Er hat sich nicht mal gewehrt, Lucys kleiner Bruder. Das konnte er auch nicht, denn er war gerade mal vier Jahre alt.

Lucy und ich, wir hatten ihn gefragt, ob er ein echter Mann werden möchte.

»Oh ja«, hatte er uns angestrahlt und mit seinem kleinen Köpfchen genickt.

»Okay!«, hatten wir gesagt. Er sollte sich hinlegen. Er tat es und wir haben ihn dann den Abhang hinuntergerollt. Aber der Schnee blieb nicht an ihm kleben. Also sollte er sich hinsetzen, und dann haben wir ihn echt dick mit Schnee eingepackt. Immer mehr, bis schließlich nichts mehr von ihm zu sehen war. Ganz in schmutzigem Weiß stand er da auf der Wiese, ein echt super dicker Schneemann, viel breiter und größer als der kleine Junge in Wirklichkeit war.

Oben drückten wir zwei Eicheln als Augen in den Schneeklumpen, steckten einen kurzen dicken Stock als Nase hinein, ein braunes Grasbüschel sollten die Haare sein, ein gebogener Zweig ein lächelnder Mund, weitere Eicheln in einer Linie auf seiner Brust die Knöpfe eines Mantels, damit er wirklich wie ein stolzer, lächelnder Mann aussah. Dann rief Jaqueline auf Lucys Handy an. Wir haben getratscht und gekichert, über Jungs und die blöde Susanne und ihn vergessen.

Erst nachdem Jaqueline aufgelegt hatte, fiel uns siedend heiß der Schneemann wieder ein, in dem immer noch Lucys Bruder steckte.

Wir haben einen Mann aus ihm gemacht.

Als wir ihn endlich befreit hatten, war er schon ganz blau im Gesicht, weil er kaum Luft bekommen hatte. Und ganz steif gefroren war er. Zum Glück lebte er noch, aber seitdem war er irgendwie anders, das meinten auch seine Eltern.

Das ist lange her, Schnee von gestern könnte man sagen. Ich habe viel darüber nachgedacht und bin mir nicht sicher, ob es vielleicht an dieser Sache mit dem Schneemann liegt, dass er so oft im Jugendarrest sitzt, auch jetzt wieder, zu Weihnachten. Meistens wegen schwerer Körperverletzung. Eiskalt und herzlos gegenüber seinen Opfern schlägt und tritt er zu, auch wenn die schon am Boden liegen. Ich habe gehört, aber ob das stimmt weiß ich nicht, dass man ihn den Eismann nennt, Lucys Bruder.

In der Weihnachtsbäckerei

Braunschweig, das muss man sich immer mal wieder vor Augen führen, war im Mittelalter ein echter Hotspot, auch wenn das damals niemand so gesagt hätte. Berlin war im 13. Jahrhundert ein kleines, im Morast der Spree vor sich hin dümpelndes Kaff, Tokio ein miefender Provinzfischereihafen, und auf der Fläche des heutigen New York graste Kamerad Bison, nur ab und zu gestört von ein paar herumfliegenden Pfeilen der Sankt-Lorenz-Irokesen, die tatsächlich so genannt wurden. Wer ein cooler Checker oder ein It-Girl dieser Zeit sein wollte, ging nach Braunschweig, um die Luft der großen weiten Welt zu schnuppern.

In Gegenden mit vielen Bäckereien roch eben jene Luft nicht nur nach menschlichen Fäkalien und verendenden Pferden, sondern gar lieblich und exotisch. Die Lebkuchenproduktion wird bis heute vor allem mit den süddeutschen Städten Aachen und Nürnberg in Verbindung gebracht, aber auch in der Löwenmetropole wurde schon damals fleißig gebacken. Schließlich kreuzten sich an Ort und Stelle verschiedene wichtige Handelswege; die exotischen Gewürze für den Kuchen (Anis, Kardamom, Koriander, Muskat, Piment und was der fahrende Kaufmann sonst noch so am Wegesrand aufgelesen hatte) konnten also bequem eingekauft werden. Weil das gemeine Volk in dieser Epoche den Bildungsgrad einer Mistgabel besaß, nannte es alle Zutaten, die es nicht einwandfrei zuordnen konnte, Pfeffer. Deshalb heißt der klebrige Schmaus bei manchen Menschen auch bis heute Pfefferkuchen, obwohl in der Regel gar kein oder nur sehr wenig Pfeffer drin ist.

Doch zurück nach Braunschweig, wo die würzige Leckerei, wie in anderen Städten, im Mittelalter ganzjährig durch den Ofen gejagt wurde. Dank seiner Zusammensetzung war und ist Lebkuchen nämlich bis weit nach übernächste Ostern haltbar, weshalb das Zeug im Mittelalter auch bei Reisenden sehr beliebt war. Und wenn doch mal eine größere Marge zu verderben drohte, meldete sich die Kirche, und das ganze Fuder wurde einfach an die Armen ausgeteilt. Brecht den Lebkuchen, ihr Christenmenschen, der Herr ist an diesem Tag auch auf eurer Seite. Wann genau die ganzjährige Vermampfung auf die Weihnachtszeit beschränkt wurde, ist nicht überliefert. Irgendwann hatten die Armen und Reichen wahrscheinlich einfach genug von dem süß-trockenem Kram mit dezenter Honignote und verbannten das Lebensmittel auf die Ersatzbank für saisonale Spezialitäten, um sich nicht komplett daran zu überfressen.

Doch während die bereits erwähnten Städte Nürnberg und Aachen aus dem Gebäck eine Marke und ihre Lebkuchen zu unverwechselbaren und weltberühmten Markenzeichen machten, verpennte das in Sachen Marketing wie immer ziemlich schläfrige Braunschweig diese Chance. Zwischen Harz und Heideland pruckelte jeder Bäcker nach eigenem Rezept im Teig herum, manche warfen Nüsse rein, andere Früchte, wieder andere vielleicht ihre Schwiegermutter. Das ist der Grund, warum es zwar Aachener Printen, Bentheimer Moppen, Neisser Konfekt, Basler Läckerli und Coburger Schmätzchen, Rosner Lebkuchen aus dem pfälzischen Waldsassen und Liegnitzer Bomben gibt, aber keine echte Braunschweiger Lebkuchenspezialität, die auch nur im nächsten Landkreis bekannt wäre. Mein Gott, selbst im Osten haben sie es hinbekommen, Pulnitzer Pfefferkuchen und Mecklenburger Pfeffernüsse haben zumindest einen gewissen Klang. Wir aber kippen einmal mehr die unvermeidbare Mumme in den Teig und glauben, nur weil noch ein oller Löwe von der Verpackung schielt, wird uns das schon irgendwer abkaufen. Nein, meine Damen und Herren aus dem Stadtmarketing, da hätte man einfach mal ein bisschen früher aufstehen müssen. Genauer gesagt ein paar hundert Jahre. Eine verbindliche Zutatenliste, ein einheitliches Design der Verpackung, ein flotter Name wie »Braunschweiger Brockenkuchen« oder »Originale Okerhäppchen«, eine herausstechende Form wie zum Beispiel ein Lebkuchenmann in der Optik von Till Eulenspiegel. Von mir aus auch mit weißem Rauschebart, um die Weihnachtsklientel zu bedienen. Das kann doch alles nicht so schwer sein.

Stattdessen setzten wir auf einen Kräuterlikör, der nicht mal aus unserer Stadt kommt, und auf einen Fußballverein, der in IKEA-Farben durch die unteren Ligen stolpert, um unsere schöne Stadt ein bisschen bekannter zu machen. Da muss sich gar keiner wundern, wenn der Weihnachtsmann höchstpersönlich am heiligsten aller Abende über den Burgplatz fliegt, nach unten guckt und den Kopf schüttelt. »Komische Stadt, da unten. Einen bronzenen Löwen ausstellen wie die Großen, das können sie. Aber nicht mal vernünftige Lebkuchen am Start. Komm, da werfe ich ein paar Nüsse und Apfelsinen runter, die Playstation kriegen die Kinder in Wolfsburg. Dort gibt's zwar erst recht keine weihnachtlichen Spezialitäten, aber die haben einen so erbärmlichen Weihnachtsmarkt, dass nicht mal mein ständig besoffener Kollege Nikolaus da halt macht.« So oder so ähnlich läuft es Jahr für Jahr, und wir hier unten fragen uns, warum wir mit und in der Löwenstadt auf keinen grünen Zweig kommen.

Ein Weihnachtsmärchen

Luna konnte nur davonlaufen. Was blieb ihr denn anderes übrig? In der Schule, Zuhause, im Turnverein. Es war überall dasselbe. Es konnte nicht nur daran liegen, dass sie dick, also dicker als die anderen, war. Auch nicht an den vielen Pickeln, die seit ein paar Monaten ihr rundes Gesicht bevölkerten wie die Streusel den Kuchen. Diese Probleme hatten viele in ihrer Klasse. Pubertät hieß das, klar. Aber es erklärte nicht die Abneigung aller anderen Menschen gegen sie.

Das Mädchen stapfte im Zwielicht schnell durch den frischen, dünnen Schnee und hinterließ eine Reihe dunkler Fußstapfen im Gras. Auf den schwarzen, blattlosen Ästen der Bäume und Büsche lag eine weiße Schicht. Die kleinen Flocken rieselten immer noch vom Himmel. Ganz leise und still würden sie bald auch Lunas Spur verdecken.

Ihr war nicht kalt. Sie hatte sich den blauen Anorak übergeworfen, aber die doofe grüne Strickmütze mit den angenähten Ohren hatte sie sich nicht aufgesetzt. Alle hatten darüber gelacht, als sie damit in der Schule aufgetaucht war. Einige hatten sie fotografiert, aber das Bild hochzuladen hatte sich nur einer getraut, Lukas. Und der war jetzt tot.

Mit zusammengepressten Lippen und tränenden Augen lief sie immer weiter quer über die Wiese durch den Schnee, immer weiter dem Ufer des Südsees entgegen.

Niemand hörte ihr zu. Sollten die doch ihr blödes Weihnachten feiern, wie sie wollten. Das Fest der Liebe, wie ihre Tante es nannte und dann sofort anfing mit einer furchtbar hohen Stimme Weihnachtslieder zu singen. Die Backpfeife ihrer Mutter, die war zu viel gewesen. Nur weil ihr die uralte Christbaumkugel aus der Hand gefallen war. Die war noch von der Oma ihrer Mutter. Weiß der Teufel, wie lange das her sein sollte. »Dieses Jahr bekommst du nichts vom Weihnachtsmann! Gar nichts!«, hatte ihre Mutter geschrien. Da war sie fortgelaufen, ohne das Handy einzustecken.

Es war gar nicht so dunkel, weil der Schnee die Umgebung erhellte. Wieder rannte Luna ein Stück. Sie wollte nur weg. Weg von Zuhause. Und am besten auch noch direkt raus aus ihrem Leben. Lukas war bei einem Autounfall gestorben. Aber sie fühlte sich schuldig, weil sie dafür gebetet hatte, dass er sterben sollte. Vielleicht hatte sie ja einen gewissen Draht zu dem da oben? Luna blieb stehen und schaute in den Himmel. Nur am Horizont sah sie noch ein paar Sterne blinken. Aber auch die würden bald von den Schneewolken verdeckt werden. Mit niemandem, keiner Menschenseele hatte sie darüber reden können.

Vor ihr musste irgendwo der Südsee sein. Vielleicht sollte sie sich wirklich ins Wasser stürzen. Dann wäre alles vorbei. Endgültig. Dann müsste sich ihr Vater jemand anderen suchen, den er immer anschreien konnte. Die blöden Kühe vom Turnverein und die allerdoofsten in der Schule, die bescheuerte Mathelehrerin und so, alle könnten sie sich dann ein neues Opfer suchen. Dann wäre es endlich vorbei mit den Vorwürfen, sie würde immer alles nur kaputt machen und nie, niemals etwas richtig.

Luna schob die Brille hoch, wischte sich die Tränen aus den Augen und drehte sich um. Niemand lief hinter ihr her. Niemand suchte sie. Weder ihre Eltern, noch Onkel Dirk oder Tante Sabine. Wahrscheinlich dachten die, sie würde sich schon wieder beruhigen und wiederkommen, wenn ihr zu kalt wird, oder wenn sie Hunger kriegt, die Dicke. Aber da hatten sie sich getäuscht. Sie würde nicht mehr zurückkommen.

»Nie mehr«, sagte sie, drehte sich um und lief durch die Schneeflocken über die Wiese und zwischen den Büschen hindurch, die das weiße Pulver wie Puderzucker auf ihren Anorak streuten.

Sie rannte noch ein Stück, immer weiter dem Ufer entgegen, dem Wasser, und dann stolperte sie plötzlich und fiel der Länge nach in den Schnee. Die Brille rutschte ihr von der Nase, einen Moment später lag sie auf dem Bauch und machte Bewegungen mit den Armen, als würde sie schwimmen. Schluckte Schnee. Hustete. Suchte tastend nach ihrer Brille, fand sie und rappelte sich wieder auf.

Wischte über die Gläser und sah einen Sack am Boden liegen. »Wer schmeißt denn hier seinen doofen Müll hin?«, dachte sie, trat wütend dagegen, drehte sich um und wäre fast mit einem dicken Mann zusammengestoßen. Anscheinend war er auf dem Weg zu einer Bescherung, denn er trug einen roten Weihnachtsmannmantel und eine rote Mütze mit einer weißen Troddel. Fast sein ganzes Gesicht war mit einem weißen, wattigen Bart verhüllt, über den hinweg er sie aus listigen, kleinen Augen taxierte.

»Ho-ho-ho«, sagte er mit einer dumpfen Stimme. »Was haben wir denn hier? Ein Mädchen. Ein kleines, dickes Mädchen. Ganz alleine im Schnee.«

Luna sagte »Hallo«, schaute voller Angst nur kurz auf den Mann, dann zu Boden und wollte sich an ihm vorbeischieben. Aber der packte ihre Kapuze und hielt sie fest.

»He! Wohin denn so schnell? Warte, vielleicht habe ich ja was für dich. In meinem Sack. Wenn du es nicht kaputtgetreten hast.«

»Lassen Sie mich los!«, sagte Luna. »Sonst schreie ich!«

»Erst wenn du mir sagst, warum du an Weihnachten so mutterseelenalleine hier draußen herumläufst, Mädchen.«

Luna schaute stumm zu Boden. Der Schnee rieselte in immer dickeren Flocken vom Himmel. Bedeckte ihr Haar und ihren blauen Anorak.

»Komm schon. Ich bin der Weihnachtsmann. Ich mag Kinder. Ich beschenke sie«, sagte er. »Ich treffe traurige Kinder und arme Kinder. Kinder, die schlecht zu ihren Eltern sind, und Kinder, die schlecht in der Schule sind. Aber sie bekommen alle etwas. Ohne Ausnahme.« Der Mann ließ ihre Kapuze los.

Luna blieb stehen, sie rannte nicht fort. »Den Weihnachtsmann gibt es doch gar nicht.«

»Klar! Siehst du doch, oder«, sagte er mit seiner weichen, tiefen Stimme und streckte die Hände aus, die in schwarzen Handschuhen steckten. »Also, was ist passiert? Wie heißt du überhaupt?«

»Luna«, sagte sie und rieb sich einen Tropfen von der Nase.

»Okay, Luna, das Mondkind, dann schieß mal los«, brummte er, schaute sie voller Güte und Liebe über den Rand seiner Brille hinweg an. Luna spürte, wie sich ihr Herz öffnete. Wie all die Wut, der Ärger und die Schuld, die darin waren, auf einmal herausplumpsten. Wie es sich plötzlich ganz leicht und unbeschwert anfühlte. Sie konnte nicht anders und erzählte ihm alles. Von den

Hänseleien, von ihrer schlagenden Mutter, dem schreienden Vater und der kaputten Christbaumkugel, vom Cyber-Mobbing und von Lukas Tod.

Der Weihnachtsmann hörte schweigend zu, strich sich nur ab und zu brummend über den weißen Bart.

»Soso«, sagte er, als Luna fertig war. »Cyber-Mobbing. Was es nicht alles gibt. Und der ist jetzt tot wegen dir, sagst du? Hm.« Er brummte etwas, schaute hoch in den Himmel. Öffnete plötzlich den Mund, schnappte nach einer Schneeflocke. Dann senkte sich sein Blick wieder auf Luna. »Das einzige, was mir dazu einfällt ist, also, vielleicht sollte ich dir gleich ein ganz neues Leben schenken?«, sagte er und lachte.

»Ein neues Leben?« Luna zog skeptisch die Augenbrauen zusammen. »Das geht doch gar nicht.«

»Do-hoch, ich bin schließlich der Weihnachtsmann«, sagte er und schlug sich auf die breite Brust. Dann knöpfte er den roten Mantel auf, zog ihn auseinander, trat blitzschnell auf Luna zu und schwang ihn um das Mädchen. Umschlang sie damit. Umklammerte sie. Drückte zu, mit stahlharten Armen und hob sie hoch.

*

Als Luna wieder zu sich kam, lag sie am Boden im Gras und der Weihnachtsmann war verschwunden. Die Sonne schien, der ganze Schnee war geschmolzen. Ihr war warm, schwitzend stand sie auf und öffnete den Reißverschluss des Anoraks. In ihrem Bauch grummelte der Hunger. Sie schaute sich um und dann lief sie schnell über die Wiese nach Hause.

Ihre Mutter und ihr Vater weinten vor Freude, konnten es nicht fassen, dass ihr Kind, etwas abgemagert zwar, aber trotzdem froh und munter wieder am Küchentisch saß und ein Käsebrot nach dem anderen aß.

Sie herzten sie, drückten sie an sich, küssten sie, steckten sie in die Badewanne, verziehen ihr alles und informierten vollkommen außer sich die Behörden darüber, dass ihre Luna, ihr liebes, liebes Töchterchen wieder da war.

Immer wieder fragten sie – und auch die Beamten wollten es unbedingt wissen – wo sie denn um Himmels willen die ganze Zeit gewesen war. Worauf Luna ihnen immer die gleiche Antwort gab: »Beim Weihnachtsmann natürlich. Wo denn sonst?«, sagte sie und auch ihre ziemlich genaue Beschreibung des Mannes brachte die Beamten nicht wirklich weiter.

Dein König kommt in niedern Hüllen

Und so begab es sich zur Winterzeit vor über zwei Jahrtausenden, dass sich drei weise Könige aus dem Osten (wahrscheinlich um Magdeburg herum) trafen. Caspar Schröder, der Hüter des Rebounds, Melchior Lieberknecht, der Herrscher über Walz und Pfalz und Balthasar Bosse, ein gar lieblich singendes Bürschchen und Kaiser von Popistan. Diese drei saßen also irgendwo in der Ostzone herum und spielten eine Partie »Spitz pass auf!«, als ihnen ein leuchtender Himmelskörper in der Form eines Löwenkopfes durchs Blickfeld sauste. Die drei hielten inne, schauten sich an und nickten. Dies war das Zeichen, auf das sie schon so lange gewartet hatten. Sie sattelten ihre Kamele, das von Caspar Schröder fiel dank seiner verchromten Höcker und der massiven Tieferlegung um anderthalb Kniescheiben besonders auf, und ritten dem Zeichen hinterher.

Sie durchquerten öde Täler, lächerlich vor sich hinplätschernde Rinnsale, sandige Hügel und den einen oder anderen Wald, bis sie schließlich an einer Stelle landeten, die aussah wie alle anderen. Bäume, Sand, ein bisschen Moor und ein weiteres Rinnsal, nicht gerade der Mittelpunkt der Welt. Doch der hell am Himmelszelt erstrahlende Löwenkopf schien seine Geschwindigkeit zu reduzieren und über einem Punkt zu kreisen. »Was soll da drüben sein?«, sprach Melchior Lieberknecht in seinem heimatlichen Dialekt, der unmöglich in Schriftsprache wiedergegeben werden kann. »Scheint komplettes Niemandsland zu sein«, erwiderte Balthasar Bosse und kniff die Augen zusammen. »Halt, wartet. Da steht eine Hütte. Verteilt euch und folgt mir unauffällig.«

Und so kamen die drei Weisen aus dem Sachsen-Anhaltinischen Gute-Nacht-Land an eine verfallene Behausung. »An der Horst« stand in verwitterten Buchstaben auf einem Schild. Wieder schauten sich die drei Königskinder verwundert ein und zuckten mit den Schultern, bevor sie aus dem Inneren der schwach erleuchteten Bleibe das Stöhnen einer Frau hörten. »Lasst uns weiterziehen, die feiern da drinnen eine Orgie«, meinte Melchior und kicherte albern. Er bekam von Caspar einen Schlag mit der flachen Hand auf den Hinterkopf. Balthasar schlich sich derweil zu einem der Fenster, die nicht mehr als dürftig ausgekratzte Schießscharten waren. »Keine Gefahr, meine Freunde. Da drinnen sind nur Mutter, Vater, Kind, ein paar Hirten und eine Menge Viehzeugs, von dem wir vielleicht das eine oder andere Exemplar auf den Grill packen könnten. Lasst uns reingehen.«

Und so klopften die drei hohen Herren artig an der Tür, wurden hereingebeten und putzten sich gesittet ihre Sandalen ab. Das Innere der Hütte bestand nur aus einem großen Raum, in deren Mitte auf ein wenig Stroh gebettet die sichtlich geschaffte Dame lag, in den Armen ihr Baby. Neben ihr stand ein hochgewachsener Mann, der die beiden mit skeptischem Blick betrachtete. »Ist ja ganz schön, Vater zu werden, aber wenn du mit der Puppe nicht mal in der Kiste warst ...«, murmelte dieser vor sich hin. Balthasar nickte mitfühlend, während Caspar sich den Hirten zuwandte. »Was seid ihr eigentlich für Homies? Hängt hier rum und glotzt auf ein Kleinkind, anstatt arbeiten zu gehen.« »Wir haben unseren Erlöser gefunden«, entgegnete einer der Rotzlöffel. »Den starren wir jetzt so lange an, bis uns die Kirche endlich Namen gibt und heiligspricht, wie sie das bei euch getan haben. Und wenn ich hier stehe, bis die Straßenbahnverbindung von Braunschweig nach Gifhorn gebaut ist.« Casper hingegen betrachtete Ochs und Esel, aber die standen nur in der Gegend und guckten, wie Ochsen und Esel nun mal gucken.

»Ich finde die Party öde, lass uns den polnischen Abgang machen«, maulte Melchior. Da aber erschien plötzlich ein weiblicher Engel in der Baracke, mit Schlupfliedern und einer insgesamt eher rundlichen Figur. Sie holte mit ihrem massiv verstärkten Engelsstab aus und versohlte allen drei Königen das Hinterteil. »Huch, ich bin Erzengel Ricarda Octavia. Was seid ihr eigentlich für Weise? Erkennt ihr nicht, wer das Neugeborene ist? Der neue Herrscher, für jetzt und immerdar. Auf die Knie. Und danach geht ihr zu euren Kamelen und holt Geschenke. Aber vernünftige, keine Gutscheine von Douglas oder so einen Krempel.«

Die drei fügten sich murrend in ihr Schicksal, knieten eine Runde vor dem Zwerg, der gerade dabei war, ein großes Geschäft zu erledigen und suchten dann in ihren Satteltaschen nach angemessenen Gaben. Balthasar entdeckte sofort einen kleinen Weihrauchbaum samt Übertopf, den er liebend gerne selbst geraucht hätte, nun aber spendete. Melchior hatte kürzlich erst die Goldminen der Pfalz geplündert, um seine jetzt schon zwei Paläste füllende Sammlung von Blues- und Hardrockplatten aufzustocken. Schweren Herzens kramte er ein paar glänzende Brocken hervor. Casper hingegen zauberte eine Hand voll kleiner Klümpchen aus seiner Tasche, die er triumphierend in die Höhe hielt. »Du verschenkst braunen Kandiszucker? Was soll der Scheiß denn?«, wollten die anderen beiden wissen. »Das nennt sich Myrrhe, ihr Idioten. Das ist ein Heilmittel und bringt dich, quasi als Nebenwirkung, näher zu Gott.« »Ey, Drogen verschenke ich schon«, protestierte Balthasar, aber bevor sich die drei richtig in die Wolle kriegen konnten, ploppte Erzengel Ricarda auf und trieb den Haufen mit Stockhieben zurück in die Baracke.

Die drei Könige verbrachten die nächsten Stunden mit nicht enden wollenden Huldigungen, bevor der Engel sie am Mittag des nächsten Tages mit einem Kopfnicken endlich entließ. Übermüdet und hungrig verabschiedeten sich die drei von dem Paar, doch Melchior hatte noch eine Frage. »Wir haben nun stundenlang euren Nachwuchs angebetet und wissen nicht mal, wer ihr seid.« Der Mann nickte. »Ich bin Heinrich der Stolze, meine Frau mit dem sächsischen Dialekt ist die Gertrud, dürft aber auch Trude sagen. Mein Sohn wird ebenfalls den Namen Heinrich tragen, meine Olle kann sich nämlich schlecht Namen merken. Der kleine Knirps wird in vielen Jahrhunderten mal ein Löwe sein, diverse Städte gründen und fast zum deutschen Kaiser aufsteigen. Den Job übernimmt dann aber sein Vetter Barbarossa, der wiederum eure längst vermoderten Knochen in Besitz nehmen wird und sie über Umwege an die Stadt Köln gibt, wo sie für die nächsten tausend Jahre von wie wild um sich knipsenden Japanern und vor Rührung heulender Nonnen begafft werden. Ich an eurer Stelle würde mich in diesem Leben noch mal ordentlich ausschlafen, das mit der Totenruhe könnt ihr euch abschminken.«

Ohne ein weiteres Wort schloss Heinrich der Stolze die Tür und ließ unser Trio ratlos zurück. Caspar machte die bekannte Scheibenwischer-Geste bevor sich alle drei wieder auf ihre Kamele schwangen. »Das war ein teurer Ausflug, und irgendwie so sinnlos«, meinte Balthasar, was die anderen nur bestätigen konnten. Doch wie immer war Melchior der pragmatischste der Gruppe. »Ich würde sagen, wir bewegen uns Richtung dieser Hügelsammlung da, irgendwo in der Ecke gibt es einen amtlichen Ride-In. Ich schmeiß ne Runde Rührei, dann sieht die Welt schon wieder viel freundlicher aus.« Casper und Balthasar klatschten zustimmend Beifall und verkrümelten sich. Nicht nur aus der Gegend, sondern auch aus der Bibel und der kompletten Geschichte der Menschheit, bis Kaiser Barbarossa eines Tages ein paar menschliche Gebeine aus Mailand mopste und sie einem Kumpel schenkte, der sie wiederum nach Köln brachte. Seltsam? Aber so (oder so ähnlich) steht es geschrieben ...

Das Familienfest

Schon Wochen vorher hatte sie dieses nervöse Ziehen im Bauch. Diese unangenehmen Bilder im Kopf, die ihre Laune so schlecht werden ließ, dass sie die Kinder anpflaumte, ihren Mann anschrie und schier ungenießbar zu ihren Kollegen war. Sobald die Schokoladenweihnachtsmänner auf den Tischen in den Supermärkten lagen, verschlechterte sich ihre Laune von Tag zu Tag.

In den ersten Jahren hatte Julia sich noch vorgenommen, den Heiligen Abend immer wieder mit neuem Elan anzugehen. Hatte versucht, die Schmach, die mentalen Verletzungen, den Psychoterror zu vergessen, dem sie an dem Abend ausgesetzt war. Hatte versucht dem Familienfest immer wieder eine neue Chance zu geben, aber irgendwann resigniert. Ihre Eltern waren schon lange nicht mehr bereit, sie an diesem Tag zu besuchen, solange sie dort auf »die Anderen« träfen, und hatten sich klaglos mit einem Besuch am ersten Weihnachtstag zufriedengegeben. Das einzig wirklich Positive war, dass man von Anfang an darüber eingekommen war, dass man sich nichts, absolut nichts, schenkte.

Einmal, als die Kinder noch klein waren und Julia die ewigen Zurechtweisungen und »gutgemeinten« Erziehungstipps der Schwiegermutter, das faschistoide, frauenfeindliche Gebrumme des Schwiegervaters und die stechenden Nörgeleien der Schwester nicht mehr aushielt, hatte sie ihren Mann Sven angefleht, etwas zu unternehmen, wenn er sie nicht zu Weihnachten in der geschlossenen Abteilung in der Salzdahlumer Straße besuchen wollte. Er hatte sie zum Glück wirklich ernst genommen und sie waren zusammen mit einem befreundeten Pärchen in ein Ferienhaus nach Dänemark gefahren.

Die Weihnachtsfeste danach waren eine Zeitlang etwas friedvoller gewesen. Aber mit ihren beiden Kindern Paul und Emma wuchsen weitere Konfliktpotentiale heran. Der kleine Paul befand sich in einer hochsensiblen

Phase, die ihn zu einem perfekten Opfer jeglicher Stichelei machte. Emma war in der Pubertät angekommen und legte sich eigentlich mit allen an, die nicht zweihundertprozentig ihre ökologische Weltsicht vertraten, diffamierte Fleischesser und Autofahrer, wo es nur ging und entlarvte in jeder Diskussion oder Meinungsverschiedenheit eine Intoleranz der Kontrahenten gegenüber mindestens irgendeiner Minderheit. Das verschärfte die ganze Situation natürlich genauso, wie ihre Schwiegermutter, die im Alter noch fieser, der Schwiegervater militanter und die Schwester immer zickiger wurde. Mit größter Sorge sah Julia dem Familienfest am Heiligen Abend entgegen. Es musste etwas geschehen, bevor jemand ernsthaft zu Schaden kam.

Nach dem ersten Advent traf sie sich in einem Café im Magniviertel mit ihrer alten Freundin Katarina. Gemeinsam hatten sie damals den Turbulenzen der Adoleszenz getrotzt, das Wilhelm-Gymnasium nach der 11. verlassen und sich durch die Clubs im Braunschweiger Bermudadreieck treiben lassen, bis sie sich für ein paar Jahre aus den Augen verloren. Erst nachdem die Kinder aus dem Gröbsten raus waren, trafen sie sich hin und wieder. Katarina war ein großer Fan von allen Arten der Kriminalistik, insbesondere der Sparte *True-Crime* und Julia hoffte auf einen todsicheren Tipp von ihr, wie sie das Problem würde lösen können.

»Keine leichte Sache«, sagte Katarina und rieb sich über den Nasenrücken. »Und es soll nicht wie Mord aussehen. Hmm …«

Zwei Stunden später verließen sie das Café, spazierten zum Burgplatz, drängelten sich durch die Gäste auf dem Weihnachtsmarkt und beratschlagten bei Eierpunsch, Glühwein und Feuerzangenbowle, wie man an die nötigen Utensilien für eine gesegnete Weihnacht herankommen könnte. Die eine Sache war kein Problem, aber die andere, da musste man sehen, wie die zu beschaffen war, und am Ende erklärte Katarina sich bereit, das in die Hand zu nehmen.

So kam der 24. Dezember heran. Julia war ziemlich aufgeregt, denn weder ihre Gewaltbereitschaft noch das Potenzial ihrer kriminellen Energie waren besonders hoch. Aber wenn sie an die furchtbaren Situationen in der Vergangenheit dachte, zerstreuten sich die moralischen Bedenken. Sie musste ihre Kinder schützen und dazu war einer liebenden Mutter jedes Mittel recht.

Pünktlich um 16 Uhr klingelte es an der Tür und die ganze Bagage stand davor.

»Julia!«, kreischte die Schwiegermutter schon im Flur. »Was hast du nur wieder für Augenringe! Machen deine Blagen dir wieder nur Kummer und Sorgen, was? Sowas kannte *ich* früher ja *gar* nicht. Meine Kinder waren immer ... «

»Hallo, hallo!«, brummte der Schwiegervater. »Draußen vom Walde da komme ich her und zück' meine Rute – die Frauen freut's sehr!«

»Papa«, sagte Sven. »Muss das denn immer so ... so ...«

»*Sexistisch* sein, sag's ruhig«, mischte sich seine Schwester ein. »Trau dich doch mal was. Trau dich doch endlich mal deinem Vater ins Gesicht zu sagen, wie mies er sein kann.« Dann zu Julia gewandt: »Unter Stress nimmt man doch normalerweise ab. Also kannst *du* ja schon mal keinen haben, was Julia?«

»Jetzt trinken wir aber erstmal den Begrüßungs-Grappa, damit hier mal ein bisschen Spaß in die triste Bude kommt«, sagte der Schwiegervater und stapfte ins Wohnzimmer, gefolgt von allen anderen. »Wo sind denn eure missratenen Bälger?«, fragte er, als er den Grappa eingoss.

»*Missraten*, also ...!« Julia zügelte sich. Es hatte sowieso keinen Zweck und in ein paar Minuten war alles vorbei. »Die kommen gleich, sind noch in ihren Zimmern.« Sie hasste Grappa und hob ihr Wasserglas. Natürlich hatte sie Emma und Paul gesagt, heute gäbe es einen ganz besonderen Heilige Abend und sie sollten solange auf ihren Zimmern bleiben, bis sie sie dort herausholen würde. »Herzlich Willkommen und eine gesegnete Weihnacht«, sagte sie. Die Familie stieß an. Alle stürzten den Schnaps hinunter und knallten die leeren Gläser auf den Tisch.

»Auf einem Bein kann man nicht stehen«, sagte Julia und goss nach.

»Ganz genau! Noch 'n Grappa für den Papa!«, sagte Svens Vater.

»Nich' lang Schnacken – Kopp in' Nacken!«, grölte die Schwester. Alle setzten wieder die Gläser an, tranken, schüttelten sich und die Schwiegermutter war die erste, die ins Wanken geriet.

»Geht's dir nicht gut? Ach komm, ich bring dich zum Sofa.« Julia hakte sie unter, zerrte sie zur Couch und als sie darauf saß, war sie schon weggetreten.

»Vielleicht sollten wir einen Krankenwagen holen ... huch ...«, schlug Svens Schwester vor, als auch sie anfing zu taumeln und sich auf einem Stuhl am gedeckten Esstisch niederließ.

»Nein, nein, die ist doch hart im Nehmen, unser Muttchen«, sagte der Schwiegervater. »Die ist noch aus anderem Holz geschnitzt, als ihr Weicheier heute, nicht wahr ...«, und schon sank auch er am Tisch dahin, genauso wie Sven nur einen Augenblick später. Das ließ sich leider nicht vermeiden. Das war der Kollateralschaden, den Julia hatte in Kauf nehmen müssen und seufzend bettete sie seinen Kopf auf dem Tisch.

Dann holte sie Emma aus ihrem Zimmer. Jetzt brauchte sie Hilfe. Paul war noch zu klein und es war besser, wenn er weiter vertieft an seiner Minecraft-Welt baute und nicht mitansah, was jetzt passierte.

Julia ging in die Küche. Nahm das große, scharfe Fleischmesser.

»Mama«, sagte Emma, als sie sah, wie ihre Mutter es ansetzte. »Ich glaub' mir wird schlecht. Du musst das – oh, mein Gott! – glaube ich doch alleine machen. Ich halte das nicht aus, wirklich.«

»Gut. Alles in Ordnung, mein Schatz. Dann kümmere du dich um das Geschirr, Kohl und Klöße und die Getränke.«

Als alles erledigt war, die Beine amputiert, die Brust seziert, der Rücken aufgebrochen und das meiste Fleisch – mit schwerem Herzen und einem ganz schlechten Gewissen – das Klo hinuntergespült war, holten sie Paul, setzten sich vor den Fernseher in Emmas Zimmer, aßen, Emma natürlich nur Klöße und Rotkohl, naschten Dominosteine und Spekulatius. Sie schauten sich das Märchen von Dornröschen an und verbrachten das ruhigste, entspannteste, chilligste Weihnachten seit sie in Dänemark gewesen waren. Leider ohne Mann und Papa.

Der erwachte Stunden später als Erster. Julia tätschelte ihm die Wange, küsste ihn, gab ihm zu trinken, bis auch sein Vater und seine Schwester langsam wieder zu sich kamen. Mit Rotkohlflecken auf den Hemden und Bratensoße im Mundwinkel, die Emma dort hingeschmiert hatte, schauten sie verquer auf die Reste von Knödeln, Rotkohl und Gänsebraten auf ihren Tellern. Julia setzte sich neben Emma und Paul, wies mit dem Messer auf die tranchierte, fast verzehrte Weihnachtsgans, die zu zerteilen Emma sich so vehement geweigert hatte.

»Möchtest du noch etwas Fleisch«, fragte sie ihren Schwiegervater. »Oder einen Kloß? Es sind nicht mehr viele da.«

Aber der stützte nur schwer den Kopf in die Hände und starrte belämmert auf den schmuddeligen Teller. »Nein«, stammelte er. »Ich ... glaube ... ich habe genug.«

Julia fragte lächelnd in die Runde, aber niemand wollte noch etwas essen.

Inzwischen war auch die Schwiegermutter erwacht. Fasste sich an den Kopf, räkelte sich auf dem Sofa, schaute schlaftrunken auf den mit Soße und Kohl braun-violett verschmierten Teller mit dem halben Kloß und dem abgenagten Gänseknochen, der vor ihr auf dem Couchtisch stand. Sie schob ihn davon. »Das ist mir ja noch nie passiert, dass ich irgendwo einschlafe«, sagte sie und rappelte sich auf.

Julia zeigte auf den leeren Teller. »Kein Wunder, nach der Menge, die du gegessen hast. Danke übrigens für das Lob meiner Kochkunst!«

An diesem Weihnachtsabend verabschiedete sich die ganze Meute überraschend schnell.

Gut, dass Katarina eine große Flasche K.-o.-Tropfen besorgt hat, dachte Julia lächelnd und freute sich jetzt schon, und zum ersten Mal seit sie mit Sven verheiratet war, auf das nächste Weihnachtsfest.

Weihnachtsmarkt am alten Dom

Wer bisher geglaubt hat, dass der Braunschweiger Weihnachtsmarkt eine Erfindung von konsumgeilen Lokalpolitikern und auswärtigen Glühweinpanschern sei, die sich vor 30 oder 40 Jahren überlegt haben, wie man der hiesigen Bevölkerung noch ein paar Märkerchen aus der Tasche ziehen könnte, sieht sich an dieser Stelle bitter enttäuscht. Denn der Weihnachtsmarkt hat in unserer Stadt, wie so ziemlich alles und jeder, Tradition.

Erste Erwähnungen eines Braunschweiger Marktes um die Weihnachtszeit herum stammen bereits aus dem 14. Jahrhundert. Das muss man sich mal vorstellen. Keine Zuckerwatte (wurde frühestens im 16. Jahrhundert erfunden), keine gebrannten Mandeln (in der heutigen Form wahrscheinlich im 17. Jahrhundert in Spanien kreiert), kein Kinderkarussell mit nervig hupenden Autos und Flugzeugen (erklärt sich von selbst, oder?) und keine Glühweinstände mit warmen Getränken. Zu dieser Zeit wurde der Würzwein nämlich in erster Linie kalt getrunken. Na, das muss ja ein Spaß gewesen sein. Da ging die ganze Familie auf den Weihnachtsmarkt, trank einen mit Honig eingekochten Wein, bewunderte wenn überhaupt einen einsam vor sich hin stehenden Baum an dem ein paar Äpfel hingen (die ersten geschmückten Weihnachtsbäume kamen erst im 15. Jahrhundert auf) und durfte nicht mal Weihnachtslieder singen, weil die damals noch dem kirchliche Personal vorbehalten waren. Zudem regierte vom 25. November bis einschließlich 24. Dezember eine strenge Fastenzeit. Selbst wenn es was zu futtern gegeben hätte, man hätte nicht mal gedurft. Muss ne riesige Stimmung geherrscht haben, damals auf dem Altstadtmarkt. Es war dunkel, kalt, es stank und nach der Heimkehr hatten sich mindestens zwei von sieben Kindern eine Lungenentzündung eingefangen und erlebten das Fest der Liebe gar nicht mehr.

Um wenigstens der elenden Fasterei zu entgehen wurden die Weihnachtsmärkte, die wohl zum Teil auch auf dem Kohlmarkt abgehalten wurden, eine Weile lang in den Januar gelegt, was aber auch ziemlich sinnlos war. Eine Woche nach Weihnachten ist der Zauber irgendwie weg, die Geschenke liegen längst kaputt in der Ecke, das macht einfach keinen Spaß. Also musste die Fastenzeit ein wenig anders interpretiert werden, ab 1505 konnten sich die Braunschweiger vom 8. bis 18. Dezember an Buden und Ständen gütlich tun. Ab dem Jahr 1671, so die Überlieferung, begann der Weihnachtsmarkt immer am Sonntag vor Weihnachten. Hier nähern wir uns also schon langsam der bekannten Form an, die im Laufe der Jahrzehnte ein immer deutlicheres Bild ergab. Auf einmal gab es geschmückte Tannen mit Kerzen, Buden mit gebratenen und gesottenen Leckereien und käuflich zu erwerbendem Spielzeug. Der Kommerzgedanke glitzerte in den Augen der Verkäufer und der Kinder, die sich an den Verkaufsständen herumdrückten und ihren Eltern zeigten, was der Weihnachtsmann denn bitte gefälligst unter den Baum legen möge, wenn es ein ruhiges Weihnachtsfest werden soll. Also alles wie heute, nur ohne Smartphones.

Der Zweite Weltkrieg stellte dann noch mal so etwas wie eine Zäsur in der gemütlichen Braunschweiger Weihnachtsfeierei dar. Atze und seine braun uniformierten Kollegen sahen von Weitem zwar aus wie degenerierte Lebkuchenmännchen, konnten mit christlicher Nächstenliebe und dicken Männern mit Vollbärten aber mal so gar nichts anfangen. Stattdessen luden sie lieber die ganze Welt zum finalen Gefecht der Gesinnungen ein, was diese nach anfänglichem Zögern auch annahm. Der Krieg als solcher wäre noch kein besonders großes Problem für den Weihnachtsmarkt gewesen, aber da der selbst ernannte Luftmarschall Hermann Göring, der rein figürlich einen astreinen Weihnachtsmann abgegeben hätte, zwischen Partys, Drogenexzessen und Kunstraub seine eigenen Fliegerasse aus dem Auge verlor und die feindlichen Bomber schon bald über Braunschweig kreisten, wollte man ihnen kein hell erleuchtetes Ziel anbieten. Waffelbruch mit Granatsplittern klingt auch wenig feierlich.

1946 waren alle Deutschen wieder lupenreine Demokraten, der erste Weihnachtsmarkt nach der Stunde null fand vor den Resten des Braunschweiger Schlosses statt. Und auch wenn da vielleicht noch der eine oder Brandherd glimmte, so richtig stimmungsvoll war das wohl nicht. Deshalb wichen die Stadtoberen auf den Hagenmarkt aus, bis es 1956 auf den Burgplatz ging. Seitdem breiten sich die Buden räumlich wie zeitlich aus wie ein Geschwür, nehmen immer mehr Platz ein und bieten auch Tage nach Weihnachten noch bisweilen obskure Dinge an. Vom finnischen Honig mit Mentholgeschmack über vegane Bienenwachskerzen bis hin zu Würsten, die in Metern gemessen werden gibt es alles, was das Herz begehrt. Touristen strömen von nah und fern zur Weihnachtszeit zum Burgplatz mit dem Löwen, Reisebusse speien ihren Inhalt im Minutentakt in die City, und Auswärtige kloppen sich mit Einheimischen um die letzten Schalen mit Braunkohl. Das ist zwar alles ganz nett, aber manchmal wünscht man sich in diesen Tagen eine simple Zeitmaschine. Einsteigen, das Jahr 1350 auf dem

Display eingeben, und schon steht man auf dem Weihnachtsmarkt mitten auf dem Altstadtmarkt. Einfach nur mal gucken, was da los war, wie die alten Braunschweiger so drauf waren und wie Schnee aussieht, der mit keinerlei Umweltgiften in Berührung gekommen ist. Das wäre ein Trip. Aber Mundschutz und Taschenlampe nicht vergessen.

Holonacht – die böse Bescherung

So hatte er sich das Weihnachtsfest gewünscht: spießig aber harmonisch, ohne Streit und Stress. Seine Frau saß lächelnd neben ihm auf dem Sofa. Von einem Kirchenchor intonierte Weihnachtslieder segelten lau durch die Luft und verbreiteten eine feierliche Stimmung. Die beiden Kinder, Ruth, neun Jahre alt, und Karl, sieben Jahre alt, hockten freudig erregt vor dem Baum auf dem Boden und packten vorsichtig die Geschenke aus. Ihre Oma, also die Mutter seiner Frau, dämmerte in dem großen Lehnstuhl in der Ecke friedlich vor sich hin. Über den Bildschirm neben dem Baum lief eine Familienserie, ohne Ton, regelmäßig unterbrochen von grell flackernden Werbespots, im Kamin in der Ecke knisterte das Holz.

Er drehte den Kopf. Schaute am Gesicht seiner Frau vorbei. Vor dem Fenster wirbelten Schneeflocken im Schein der Straßenlaterne. Alles war so, wie man es sich nur wünschen konnte.

Und doch stimmte etwas nicht. Ob das von den Medikamenten kam? Er runzelte die Stirn und schaute zu den Kindern hinüber. Was war da mit den Kleinen los? Eben waren es noch sein Sohn und seine Tochter und im nächsten Augenblick hockten dort zwei unheimliche schwarze Wesen! Mit ausdruckslosen, kalten Augen und gebleckten, spitzen Zähnen fauchten sie ihn böse an. Blutfäden in den Mundwinkeln. Aber dann war der Spuk schon wieder vorbei und es waren doch nur Ruth und Karl, die dort glucksend ihre Geschenke auspackten.

Er atmete tief ein und griff zu dem Weinglas, das neben ihm auf einem Beistelltisch stand. Ein fader Roter, billig, quietschesüß und ohne Bouquet. Aber vielleicht war der fehlende Geschmack auch den Medikamenten zuzuschreiben? Inzwischen musste er eine ganze Menge Tabletten nehmen, und wer wusste schon, ob die immer so miteinander harmonierten?

Auch seine Frau griff zum Glas. »Fröhliche Weihnachten, mein Lieber!«, sagte sie und sie stießen die Gläser zusammen, aber es machte nur leise »Tock«, weil sie aus Kunststoff waren und nicht aus Glas. Ruth und Karl drehten sich zu ihnen um und sagten fast synchron: »Fröhliche Weihnachten!« Dann bedankten sie sich nacheinander für die schönen Geschenke. »Vielen Dank für das schöne Pferdchen, lieber Papa«, sagte Ruth und schwenkte es durch die Luft. »Jetzt hat meine Puppe Dunja etwas Schönes zum Spielen! Ich hole sie gleich mal«, sagte sie, stand auf und verschwand im Flur.

»Vielen Dank für das tolle Auto. Tatüh-tatah, wir retten euch!«, sagte Karl und schob den großen Feuerwehrwagen über den Teppich.

Wenigstens die Kinder hatten sie glücklich gemacht, das war doch schon mal was. Er behielt das Kunststoffglas in der Hand, während seine Frau sich nach vorn beugte und ihres auf dem Couchtisch abstellte. Als sie sich wieder zurücklehnte, hörte er eine Art Knurren. Er drehte sich um und beinahe hätte er den Wein fallen gelassen.

Seine Frau starrte ihn aus kleinen gelben Pupillen böse an. Ihre Haut war auf einmal grau, das Gesicht eingefallen und mit pulsierenden, roten Adern durchzogen. Wieder knurrte sie ihn an. Zog die Lippen zurück. Riss den Mund auf. Schnappte zu. Er zuckte zurück, verkleckerte den Rotwein. Sie ließ die vergammelten, braunen Zähne mehrmals aufeinander klappen. Was lief da schief, um Gottes Willen? Sie stand auf und wankte röchelnd zu den Kindern rüber. Aber plötzlich war sie wieder ganz die Alte, lachte fröhlich, hockte sich hin und küsste Karl auf die Wange.

Mit einem Tuch versuchte er zitternd den verschütteten Rotwein aufzutupfen. Das konnte nicht von den Pillen kommen. Die Halluzinationen, die sie hin und wieder auslösten, waren noch nie so grauenerregend gewesen, wie das eben. Da war vielleicht mal ein Lachen aus früheren Tagen, das aus dem Schrank herüberklang, oder ein Schatten, der durch das Zimmer waberte. Aber noch nie waren die Schimären so klar gewesen, wie die bösen Augen seiner Frau eben. Er legte das Tuch zurück und griff bebend zur Fernbedienung.

Ruth kam mit ihrer Puppe zurück in das Wohnzimmer. »Schaut mal her! Jetzt kann Dunja reiten!«, rief sie, als sich die Oma stöhnend aus dem Lehnstuhl erhob. Plötzlich war ihr Kleid schmuddelig und mit vielen bunten Flicken besetzt. Unter einem schwarzen Kopftuch fingerten wirre Haarsträhnen in der Luft herum und auf der krummen Nase wuchs eine dicke, borstige Warze. Grässlich röchelnd wankte sie auf einem Besen gestützt zum Kamin. »Knusper, knusper knäuschen ...«, keckerte sie und zog ein brennendes Scheit heraus.

»Nein!«, rief er. »Was soll der Blödsinn?«, und tippte hektisch auf der Fernbedienung herum.

Ehe er den richtigen Knopf gefunden hatte, kreischte die Hexe auf: »Wer knuspert an meim' Häuschen!«, und schleuderte das brennende Stück Holz auf den Weihnachtsbaum. Aber mitten im Flug blieb es in der Luft hängen und auch der Weihnachtschor verstummte.

Endlich hatte er zumindest den Pausenknopf gefunden. So was Dummes. Sonst hatten die Holografien immer gut funktioniert. Die Sequenz von der Floßtour auf der Oker war ganz wunderbar, auch die vom Schoduvel

»Lachen, Tanzen überall – feiert Brunswiek Karneval«
war sehr gelungen. Er fühlte sich jedes Mal als stände er
mitten zwischen den Feiernden auf dem Altstadtmarkt.
Aber das hier war furchtbar!

Seine ungelenken, rheumatischen Finger fanden
schließlich den richtigen Knopf und schalteten die
3D-Weihnachts-Projektion ab. Die Hexe, das brennende Scheit, der Baum, die Frau, die Kinder, alles zerfiel zu
Pixelstaub. Löste sich auf und das Zimmer sah wieder so
trostlos aus wie immer. Schade, heute hätte er gern gemütlich den Heiligen Abend gefeiert, aber irgendetwas
war da wohl schiefgelaufen, dachte er und schaute auf die
grüne Bettdecke, die auf ihm lag. Der rote Traubensaft,
den er vor Schreck verschüttet hatte, bildete einen großen
dunklen Fleck. Seufzend drückte er einen anderen Knopf
auf der Fernbedienung und einen Augenblick später öffnete sich die Zimmertür.

»Fröhliche Weihnachten – Herr Berthold – was darf
ich für Sie tun?«, fragte der Pflegeroboter mit der weichen, androgynen Stimme als seine Sensoren den Heim-
bewohner scannten. »Bettdecke – wechseln?«

»Ja«, antwortete er. Der bunte Roboter machte sich
fröhlich an die Arbeit. Rollte surrend zum Schrank und
nahm mit einem seiner Greifarme die Bettwäsche heraus.

Missmutig schaute Herr Berthold in die Kamera in der
Ecke oben neben der Tür, während die beiden IT-Fach-
kräfte vom Spätdienst, die für die Pflege der digitalen
Einrichtungen des »New-Smart-Home-Bethanien« in

der Wilhelmstraße zuständig waren, vor Lachen fast am Boden lagen.

»Und jetzt zeigen wir der Frau Meus von der 221 die Holo mit dem strippenden Weihnachtsmann, die ich gestern zusammengebastelt habe«, sagte der eine, hob die Hand und der andere schlug seine klatschend dagegen. »Jo-ho-ho-ho! Der werden die Augen aus dem Kopf fallen!«

KRAUSE BESCHLOSS, SEINER LIEBSTEN ZU WEIHNACHTEN EIN
3D-PUZZLE ZU SCHENKEN.

Alle Jahre wieder

Menschen brauchen Rituale, sonst fallen sie auseinander oder in sich zusammen. Nur aus diesem Grund gibt es Religionen, Fußballclubs und Familienfeiern, das sind die wenigen Ankerpunkte in einem ansonsten sinnlosen Leben, das so vor sich hinplätschert und irgendwann endet. Bevor der letzte Nagel in den Sargdeckel geschlagen werden kann und endlich die totale Ruhe herrscht, muss allerdings noch etwas bewältigt werden, was sich Arbeitsleben nennt. Eben jenes hat großen

Anteil an der Sinnlosigkeit des Lebens, zumindest für die meisten Menschen. Sie rennen an einen Ort, den sie nicht mögen, um Dinge zu tun, die sie hassen. Und als ob das noch nicht ausreichen würde, sitzen und stehen da noch weitere Menschen in der Gegend herum, die sich untereinander die Pest an den Hals wünschen, aber trotzdem gemeinsam Frühstück machen.

Über das Jahr hinweg ist das mal besser, mal schlechter auszuhalten, ganz besonders übel wird es aber immer in der Weihnachtszeit, da hier Liebe, Frieden und Harmonie quasi von oben herab befohlen sind. In einem typischen Braunschweiger Betrieb sieht das dann gerne mal so aus: Am 1. Dezember hat der Chef einen Adventskalender im Aufenthaltsraum aufgehängt. Also nicht für jeden Mitarbeitern einen, sondern ein einzelnes Exemplar. Der fette Werbeaufdruck einer Zuliefererfirma verrät, hier wurde kein Extrageld in die Hand genommen, sondern Werbeschrott an die Untergebenen weitergereicht. Die dünnen Schokotäfelchen, die sich hinter jedem Türchen verbergen, schmecken nach Laternenpfahl ganz unten, weshalb die Belegschaft beschließt, das großzügige Geschenk des Vorgesetzten gepflegt zu ignorieren. Irgendwann kommt der Vielfraß der Firma eh in den Raum geschlichen und plündert den kompletten Kalender in einem Zug. So wäre wenigstens dieses Problem aus der Welt.

Ein anderes, viel schwerwiegenderes Problem wartet aber noch auf die Lohnsklaven: die betriebliche Weihnachtsfeier. Schon seit August telefoniert die schlecht blondierte Assistentin des Chefs mit allen möglichen

Lokalitäten, um auch ja den günstigsten Preis herauszuschlagen. Wohin geht es dieses Mal, in die Rheinische Republik, ins Parlament oder zu einem der zahlreichen mongolischen Grills, wo sich die ganze Mannschaft zum Festpreis mit frittierten Zooabfällen relativ kostenneutral abfüttern lässt? Die Mitarbeiter sind derweil gespalten. Die einen nehmen auf keinen Fall teil, weil sie weder ihre Kollegen noch ihren Vorgesetzten auch nur eine Minute mehr als unbedingt nötig ertragen können. Den anderen geht es nicht viel anders, ihr Ansatz ist es aber, den ungeliebten Boss möglichst heftig zu schädigen. Wenn da keine Nächstenliebe in der Luft liegt.

Irgendwann sitzt dann aber doch ein Teil der Belegschaft an einem Tisch in einem Restaurant. Mit dabei ist auch noch irgendein Typ aus dem Vorstand, den außer dem Chef niemand so wirklich kennt. Offensichtlich traut sich der Boss nicht, allein mit einem Haufen Proleten in der Öffentlichkeit gesehen zu werden und hat sich standesgemäße Verstärkung dazugeholt. Wenigstes einer, mit dem man sich über Aktienkurse und Leasingangebote für Yachten unterhalten kann, ohne komisch angeguckt zu werden.

Damit sich die Rechnung in Grenzen hält und es zu möglichst wenigen ungewollten Schwangerschaften kommt, wurde die Feier auf einen Dienstagabend gelegt, am Mittwoch ist Urlaubssperre. Stocksteif sitzt man am Tisch und beäugt die Kollegen, die im zivilen Leben irgendwie ganz anders aussehen als auf der Schicht oder im Büro. Zaghaft werden die ersten kleinen Biere geordert, den Blick immer auf der Tischhälfte der anderen. Hat der Chef gerade alkoholfrei bestellt? Verdammt, ich nehme doch einen Orangensaft. Und bitte nur den kleinen Vorspeisensalat, ich habe heute so gar keinen Hunger. Es dauert mindestens eine halbe Stunde, bis sich die peinliche Anspannung ein wenig gelegt hat und die ersten etwas mutiger werden. Eine goldene Regel besagt, dass auf Betriebsfeiern welcher Art auch immer berufliche Themen außen vor bleiben sollten. Da diese Menschen am Tisch aber nichts miteinander verbindet als die gottverdammte Schufterei kreisen die Gespräche doch bald um Schichtpläne, Urlaubsvertretungen und die haarsträubenden Fehler der Kollegen, die heute zu Hause geblieben sind. In Verbindung mit den ersten georderten Verdauungsschnäpsen, die noch vor dem Essen eintreffen, ein gefährliches Unterfangen. Gut, dass endlich die Platten mit Gegartem und Gesottenem gereicht werden. Drei Mitarbeiter haben ohne genau hinzugucken einfach das teuerste aus der Karte bestellt und erfreuen sich nun an marinierten Hummerhoden auf einem Bärlauch-Himbeer-Spiegel an Ingwer-Risotto. Vier weitere Kollegen versuchen beim Chef zu punkten, in dem sie die günstige Currywurst mit Pommes-Karte spielen, wirken angesichts der festlich geschmückten Tafel aber wie Schimpansen in einem Delikatessengeschäft und beweisen nur, dass sie keinen Stil haben. Experten nehmen etwas aus dem mittleren Preissegment der Speisekarte, weil das nicht weiter auffällt und in der Regel am besten schmeckt. Auch der Chef, ganz einer von seinen Jungs und Mädels, verzichtet heute auf die bei ihm sonst üblichen Sonderwünsche und Beschimpfungen des Personals und zwängt sich die Kartoffelkroketten rein, obwohl die nicht wie gewünscht medium rare gebacken wurden. Nur die beiden sich laktosefrei ernährenden Rohkostveganer aus der Buchhaltung gucken fassungslos auf ihren übersichtlich gefüllten Teller. Mehr als eine geputzte Mohrrübe und zwei Salatgurkenscheiben konnte der griechische Wirt in seiner Küche nicht auftreiben, weil hier sogar die Oliven mit Mett gefüllt sind.

Beim Nachtisch hat sich die ungleiche Truppe so langsam aufeinander eingeschossen, da wagt der Lagerist schon mal ein harmloses Späßchen auf Kosten seines Geschäftsleiters, worüber der sogar herzlich lachen kann. Der Lagerist wird trotzdem gefeuert, logisch. Aber erst zu einem Zeitpunkt, an dem er selbst keine Verbindung mehr zu diesem Abend herstellt. Die Geschäftsassistenz ruft derweil, kaum dass die Eisbecher abgeräumt sind, zu einem Spiel auf. Sie hat Karten, Würfel und Zettel dabei, die Belegschaft solle sich untereinander besser kennenlernen und möglichst aufhören, dreistöckige Obstbrände zu bestellen. Aber der armen Frau hört niemand zu, weil dreistöckige Obstbrände nun mal spannender sind. Deshalb kommt sie zum ultimativ letzten Programmpunkt des Abends, dem in Braunschweig und Umgebung so beliebten Schrottwichteln. Hier zeigt sich final, was die Mitarbeiter für einander übrighaben. Was da unter großem Hallo nicht alles aus den liebevoll eingewickelten Päckchen auftaucht. Ein paar benutzte

Radiergummis, eine »Coupé« aus dem Jahr 1992, ein halber Waschmaschinenschlauch, ein Set mit Stecknadeln. Bei jedem geöffneten Päckchen folgt erzwungenes Lachen und der Ausruf »Is ja Schrottwichteln«, um diese peinliche Prozedur irgendetwas Humoristisches abzugewinnen. Ein paar wenige Anständige haben ihren »Geschenken« wenigstens noch zwei Schokokugeln von Milka oder Lindt beigelegt, um den Aufprall nicht ganz so hart erscheinen zu lassen. Den meisten aber ist das egal.

Egal ist mittlerweile auch, dass der Chef schon dreimal demonstrativ auf seine Uhr geschaut hat und mit einem theatralischen Gähnen andeutet, dass er dem Affenzirkus gerne ein Ende setzen würde. Das bekommen weite Teile der Angestellten nicht mit, sie überlegen derweil, ob man einen Cosmopolitan auch mit einem Sex on the Beach kreuzen könnte und was das in diesem Laden wohl kosten würde. Irgendwann stehen Chef und Vorstand dann wortlos auf und gehen zur Theke, um zu bezahlen. Hektisch werden die allerletzten Getränke geordert, wer seine Muttersprache noch spricht, bedankt sich beim Alten mit einem falschen Grinsen herzlich für den gelungenen Abend. Der Großteil der Meute zieht schwankend von dannen, die Mitarbeiter nach Hause, Chef und Vorstand noch auf ein Sektchen in den Edelpuff. Ein harter Kern von Tresenkämpfern aber zieht weiter ins Black Button, in die Silberquelle oder den Goldfinger, um den Abend in gebührendem Rahmen enden zu lassen. Mit vollgekotzem Schoß im Reich des absoluten Vergessens.

Am nächsten Morgen scheint die Stimmung im Betrieb tatsächlich eine Spur besser zu sein als gewöhnlich. Man lässt den dann doch gar nicht so fürchterlichen Abend Revue passieren, die Hardcore-Säufer prahlen mit ihren Exzessen, der Chef nickt gütig und weise zu jeder Anekdote, die ihm seine Untergebenen immer und immer wieder präsentieren. Befriedigt registriert er, dass sich plötzlich sogar Kollegen miteinander unterhalten, die sich das Jahr über maximal gegrüßt haben. Was für eine herrliche Atmosphäre doch herrscht in dieser Gnaden bringenden Zeit. Aber der Boss weiß, dass das Stimmungshoch nur so lange anhalten wird, bis er am letzten Samstag vor den Festtagen Zusatzschichten anordnet. Und genau das wird passieren. Doch mit der Verkündung will er sich noch ein paar Tage Zeit lassen. Das Motto Marzipanbrot und Peitsche gilt nicht nur, aber doch und gerade an Weihnachten.

Der letzte Schneeengel

Ein geschmückter Weihnachtsbaum allein brachte noch lange keine Weihnachtsstimmung. So sehr die Sozialarbeiterin, die hinzugezogene Ergotherapeutin, die eingesetzten Pflege- und Küchenkräfte es auch versuchten, es wollte sich einfach keine Besinnlichkeit an diesem 3. Advent einstellen. Die meisten Senioren schlummerten vor sich hin, ein paar Angehörige sangen völlig schief die Lieder mit, ein anderer hatte seiner Oma ein blinkendes Rentiergeweih aus Plastik auf den Kopf gesetzt, was wirklich lustig aussah.

»Die ollen Kekse sind doch bestimmt noch vom letzten Jahr, ganz hart«, sagte Frieda.

»Und der Kaffee is' wieder 'ne Plörre heute, nee, nee. Wie spät ham wa denn, Inge?«, fragte Helmut und stellte den Becher auf den Tisch zurück.

»Glach viertel Viere«, meinte Inge. »Wollen wa ma langsam losdömern?«

»Jau. Jau.« Helmut stemmte sich vom Stuhl hoch, schlurfte rüber zu seinem Rollator, gefolgt von Frieda, die ihre Chaise gleich neben seiner geparkt hatte, während Inge zu ihren Gehhilfen griff.

Jacken, Schals, die Weihnachtsmannmützen und Handschuhe lagen schon auf den Gehwagen bereit. Sie zogen sich an und dann rollten sie langsam rüber in die Eingangshalle des Pflegeheims.

Mehrmals schaute Inge auf die Uhr. »Na, jetzte müsste der doch aber glach ... ah, da is' ja der Huckeduster«, sagte sie, als der Van vom Arbeiter-Samariter-Bund vorfuhr.

Ein junger Mann stieg aus, sagte »Guten Tag, die Herrschaften!«, und betätigte die Rampe. »Schön vorsichtig heute. Bei dem Schnee liegt man schnell auf der Nase.«

»Ach, der Herr Günther wieder! Haben wir Sie die ganze Tour über?«, fragte Frieda, pflügte mit ihrem Rentnerporsche durch die vielleicht drei Zentimeter Neuschnee und stellte ihn vor die Rampe.

»Ich denke schon. Herr Pichler hat das ja wieder alles schön geplant. Setzen Sie sich ruhig ans Fenster«, sagte er und half der alten Frau in das Auto.

»Jau, dat kanna, der Helmut. Solange der Brägen noch arbeitet is' alles gut.« Inge warf ihre Gehhilfen auf eine der Bänke und enterte stöhnend den Kleinbus.

»Wo fahren wir denn als erstes hin?«, fragte Frieda als alles verfrachtet war und jeder auf seinem Platz saß.

»Hab' ich doch schon dreimal gesagt. In die Hugo-Luther, da gibt es immer was zu lachen«, meinte Helmut.

Frieda fingerte an ihrem Hörgerät herum: »Jaja, und vielleicht wieder Glühwein, deshalb willst du Trunkenbold doch dahin, oder etwa nicht?«

»'N echter Thekenturner warst'e früher«, zischte Inge und rückte ihre Brille zurecht.

»Alles Schnee von jestern.« Helmut winkte brummend ab. »Guckt euch die Flocken an! Werden ja immer dicker die Dinger. Also, auf nach Belfort!«

»Ja, Belfort!«, rief Frida und begann sofort das alte Lied zu singen, weil sie da ganz früher mal gewohnt hatte:

»Auf, auf ihr Belforter Jungen,
was hat man euch getan?
Mann hat euch arretiert,
nach Rennelberg abgeführt.

Wir traten mit ruhigem Gewissen,
wohl vor des Richters Tisch.
Wir logen ihm frech ins Gesichte,
vom Ringe klauen wissen wa nichts.

Sechs Wochen bekam' wa auf Latten,
bei Wasser und bei Brot.
Mein Leib war wie ein Schatten,
mein A... war Feuerrot.«*

»Was is' denne A...?«, fragte Inge.

»Na, der Allerwerteste. Der war ganz rot, vom rum-
sitzen auf de' Latten. Is' doch klar wie Kloßbrühe. Haste
wieder nicht richtig zugehört, oder sind deine Batterien
alle?«, stichelte Helmut, während sie über den Ring fuhren.

*

Auf der Weihnachtsfeier im Mehrgenerationenhaus gab
es tatsächlich Glühwein. Frieda trank nur einen halben
Becher, aber Inge einen ganzen und Helmut sogar zwei,
was ihn dazu brachte »Lasst uns froh-ho und munter
sein!« wörtlich zu nehmen und den Refrain »lustig,
lustig tralalala« so laut mitzusingen, dass es Inge und
Frieda schon ein bisschen peinlich war. Zum Glück

mussten sie sich bald wieder auf den Weg machen, denn Helmut hatte für diesen 3. Adventssonntag noch einiges geplant.

Sie griffen Rollis und Krücken, schoben sich langsam durch den Schnee zum ASB-Transporter und schon waren sie auf dem Weg zum nächsten Event, das im Seniorenzentrum am Wasserturm stattfand.

Dort gab es zwar keinen Glühwein, aber der Kaffee war besser und es wurde sogar ein Stück Torte serviert.

»Ich hoffe, Sie haben alle Ihr Insulin gekriegt und Ihre Medikamente genommen?«, Herr Günther drehte sich noch einmal zu seinen Fahrgästen um, nachdem er den Motor gestartet hatte. »Herr Pichler? Ihre Herztabletten?«

Die Weihnachtsbande nickte im Kollektiv: »Ja, jau. Ham wa, Herr Doktor.«

»Und jetzt wollen Sie zur Diakoniestation an der Langen Straße?«

Wie auf ein Stichwort hin sprachen sie alle zusammen und mit erhobenen Zeigefingern den alten Kalauer:

Lange Straße, Klint und Werder,
davor hüte sich ein jeder!
Mauerstraße nicht viel besser,
denn da wohnen Menschenfresser!*

»Menschenfresser, so so«, lachte Herr Günther.

»Ganz jenau. Wie spät ham' w'a denn?«, fragte Helmut.

»Glach fünfe«, antwortete Inge, »dann wollen wa ma' losötteln.« Vor sich hinkichernd gab der Fahrer Gas.

*

In der Diakoniestation an der Petrikirche wurden keine Advents- und Weihnachtslieder mehr gesungen, aber es gab auch für die drei Nachzügler noch frischen Weihnachtsstollen. Alle gingen sie noch einmal zur Toilette, Frieda hatte sogar eine neue Einlage dabei, und zum krönenden Abschluss dieses Adventssonntags ließen sie sich zum Weihnachtsmarkt fahren.

Vor dem Deutschen Haus lud Herr Günther die Rollwagen aus. Sie setzten ihre Weihnachtsmannmützen auf, schalteten die rot blinkenden Sterne ein, die in dem weißen Puschelrand eingelassen waren, und entließen den Fahrer.

»Die fünfhundert Meter zurück zum Wohnheim schaffen wa' schon noch alleine, vielen Dank Herr Günther«. Im Gänsemarsch, mit blinkenden Pudelmützen, vorneweg Frieda, weil sie eine Klingel am Rollator hatte, schoben sie sich wackelnd durch den Menschenauflauf, bis auf den Burgplatz.

»Zum Mandelmeier!«, rief Helmut ihr von hinten zu, Frieda klingelte was das Zeug hielt und vor ihnen teilte sich die Menge. Aber schon nach ein paar Metern standen sie am Ende der langen Schlange, die sich fast fünfzig

Meter vom Restaurant Al Duomo bis hin zum Landes-
museum zog.

»Jedes Jahr dat glache«, sagte Inge, stakste mit ihrer
Gehhilfe an der Schlange vorbei bis fast ganz nach vorn,
wo sie sich einer Gruppe Senioren aus Magdeburg an-
schloss.

»Bring mir bitte eine Tüte mit«, sagte Frida. »Wir
warten da drüben«, dann bahnte sie Helmut mit ihrem
Gebimmel einen Weg durch die Menschenmasse wie ein
Schneepflug bis zum nächsten Glühweinstand.

Als Inge endlich mit den Mandeln zu ihnen kam, war
Helmut bereits mit seinem zweiten Glühwein beschäftigt.

»Der kuckt ja schon ganz schön blümerant aussa Wäsche«, sagte sie, lieferte die Mandeln ab und machte sich
auf den Weg, zwei Wildbratwürste zu besorgen.

Als sie zurückkam, klammerte sich Helmut an seinen
Rolli. Die Pudelmütze saß ihm schief auf dem Kopf und
sein Gesicht war ganz rot geworden, die Brille leicht be-
schlagen.

»Einen schaff' ich noch. Mindestens«, meinte er,
aber den dritten Glühwein leerten sie gemeinsam, bevor
sie sich auf den Rückweg machten.

»Alter Dömerkopp. Haste deine Herztabletten doch
nich' genommen, wa?«, fragte Inge.

»Doch, doch, hab' ich.«

»Auf in die Residenz!«, rief Frieda und wie sie gekommen waren, verließen sie im Gänsemarsch den Weihnachtsmarkt, als es wieder anfing zu schneien. Vom Ruh-

fäutchenplatz bis zum Hagenmarkt ging es ganz gut, denn dort schmolzen die Flocken sofort. Aber auf den Wegen und dem Rasen um den Heinrichsbrunnen herum, blieb der Schnee liegen.

»Geh'n wa lieber drumrum, wa?«, meinte Inge, aber Helmut keuchte: »Nee, nee, immer mitten mang. Sind ja nur 'n paar Schritte.«

Frieda zuckte die Schultern. Sie war zu müde, um eine Diskussion anzufangen und schob ihren Rollator in den frischen Schnee hinein. Helmut wankte schnaufend, aber summend hinter ihr her und den Schluss bildete Inge.

Die blinkenden Sterne an ihren Pudelmützen waren erloschen, als sie sich dem Heinrich näherten, der mit dem Dom im Arm hoch oben auf dem Brunnen stand.

»Wisst ihr noch ... hm-hm hm-hm... Mensch, wie heißt das Lied denn bloß?« Außer Atem summte Helmut und sofort wussten Frieda und Inge, welches Lied er meinte und stimmten es an: »Morgen Kinder wird's wa-has geben.«

»Ach ja.« Mit zitternder Stimme und ächzend begann Helmut mitzusingen: »Morgen werden wir uns freu'n!« Er legte den Kopf in den Nacken, die Schneeflocken trafen sein rotes Gesicht und schmolzen auf der heißen Haut. »Welch ein Jubel, welch ein Leben ...«, stöhnte er, dann wusste er den Text nicht mehr weiter. Machte nur den Mund auf und zu, legte den Kopf immer weiter in den Nacken und versuchte, mit der Zunge die Schneeflocken zu fangen. Dabei kam er ins Trudeln. Wankte, taumelte, torkelte.

Inge und Frieda sangen weiter: » ... wird in unserem Hause sein! Einmal werden wir noch wach ...« Dann brachen sie ab, weil Helmut plötzlich nach hinten sackte.

Röchelnd lag er auf dem Rücken im Schnee. Eine Hand auf das Herz gedrückt.

»Oh nein! Helmut!«, riefen sie gleichzeitig. Frida klammerte sich an ihren Rolli. Was sollten sie nur tun? Sie hatten keine Handys, aber da vorn, auf der Straße, da waren Leute! Die konnten helfen.

»Da müssen wir wohl um Hilfe rufen! Der arme Helmut«, sagte sie, während Inge an Helmut heran stolperte und ihn mit der Krücke anstupste.

Plötzlich stöhnte Helmut auf, bevor Frida einen Ruf ausstoßen konnte. »Heißa, dann is' Weihnachtstach!«, krächzte er. »Nu, hör' schon auf mich zu piken, Ingeborg«, und versuchte aufzustehen. Wedelte aber nur mit Armen und Beinen im Schnee herum.

»Musst du uns so einen Schrecken einjagen, du Nulpe?«, sagte Frida verärgert.

Aber Inge wies mit der Krücke auf den gestürzten Mann und meinte kichernd: »Guck dir das an, Fridaken. So einen alten Schneeengel kriegt man auch nicht alle Tage zu sehen!«

»Das ist bestimmt sein letzter«, meinte Frieda trocken.

Dann halfen sie Helmut, sich vom Boden aufzurappeln und gemeinsam schafften sie ohne weitere Zwischenfälle die paar Hundert Meter zurück zum Haus Wilhelmsgarten.

*Braunschweig'scher Volksmund

Hardy Crueger, Till Burgwächter und Karsten Weyershausen
(Foto: Andreas Reiffer)

TILL BURGWÄCHTER wurde kurz nach Weihnachten im Jahr 1975 geboren, verpasste den bärtigen Räuber also schon zu Beginn seines Lebens nur um Haaresbreite. Aus diesem Trauma entstand eine kurzzeitige Marzipanbrotabhängigkeit, die der Autor allerdings im Griff hat (Ausnahme: Marzipanbrote mit Nougatkern). Wenn Burgwächter nicht gerade den Baum schmückt oder auf dem Braunschweiger Weihnachtsmarkt gebackene Champignons mit Glühwein runterspült, schreibt er Bücher. Und das nicht zu knapp.

HARDY CRUEGER, geb. 1962, lebt als freiberuflicher Schriftsteller in Braunschweig und schreibt Romane zu geschichtlichen Themen, aber auch Krimis, Thriller und Suspense-Kurzgeschichten.
Als Dozent für kreatives Schreiben leitet er die KrimiWerkstatt Braunschweig und ist außerdem im Vorstand des Verband deutscher Schriftsteller (VS) Niedersachsen aktiv.
Mit bisher sechzehn veröffentlichten Titeln gilt der Autor als einer der produktivsten in der Region.
www.HardyCrueger.de

KARSTEN WEYERSHAUSEN lebt und arbeitet als Cartoonist, Illustrator und Sachbuchautor in Braunschweig. Seine Cartoons und Illustrationen erschienen u. a. in der »NRZ«, der »Berliner Illustrirten Zeitung«, den »Nürnberger Nachrichten«, im »Eulenspiegel« und in den Webportalen web.de, arcor und msn. Im Verlag Schwarzkopf & Schwarzkopf kamen mehrere Sachbücher heraus, Cartoonbände erschienen bei Lappan und im Korsch Verlag.
www.weyershausen.de

Renate Stauf und Christian Wiebe (Hg.)

Märchenstadt und Parnass

Braunschweiger Literatur vom Mittelalter bis zur Gegenwart

Braunschweig – Stadt der Literatur: Ricarda Huch nannte sie ihre »Märchenstadt«. Till Eulenspiegel trieb hier sein weltbekanntes schelmisches Unwesen. Wilhelm Raabe verfasste in der Löwenstadt seine besten Romane und Gotthold Ephraim Lessing seine berühmten Dramen »Nathan der Weise« und »Emilia Galotti«. Zum historischen Literaturkreis des »Braunschweiger Parnaß« zählten neben Lessing auch Johann Joachim Eschenburg, Johann Arnold Ebert und Johann Friedrich Wilhelm Jerusalem. Als Initiatoren und Mitbegründer des 1745 gegründeten Collegium Carolinum, dem Vorläufer der heutigen Technischen Universität, machten sie als Literaten und Gelehrte Braunschweig zu einem literarischen Zentrum und zu einer Stadt der Wissenschaft.

Die Essays in diesem Buch sind anlässlich einer Ringvorlesung im Rahmen des geistes- und erziehungswissenschaftlichen Fakultätsjubiläums 2018 an der TU-Braunschweig entstanden. Sie gehen erstmals den innovativen Impulsen nach, die von Braunschweig auf die deutsche und europäische Literatur ausstrahlen. Gedichte von Georg Oswald Cott und ein autobiographischer Essay von Frank Schäfer zeigen beispielhaft, wie heute Braunschweig und die Literatur zusammengehören.

Renate Stauf und Christian Wiebe (Hg.): Märchenstadt und Parnass
Klappenbroschur, 280 Seiten, ISBN 978-3-945715-57-4

www.verlag-reiffer.de

Weitere Regionaltitel

Martina Bartling: Lokalrunde
Zu Fuß um Braunschweig auf dem Kleine-Dörfer-Weg

Roberta Bergmann: Braunschweig
Das Aus- und Weitermalbuch

Thomas Kempernolte: Naturpark Elm-Lappwald
Die 20 schönsten Radtouren

Thomas Kempernolte: Naturpark Elm-Lappwald
Die 25 schönsten Wandertouren

Axel Klingenberg (Hg.): Blau-Gelb-Sucht
Ein Eintracht Braunschweig-Fanbuch

Axel Klingenberg: Die Wahrheit über Niedersachsen

Axel Klingenberg: Die Wahrheit über Wolfenbüttel

Axel Klingenberg: Döner mit Braunkohl und Bier
Das Braunschweig-Buch

Axel Klingenberg: Schmorwurst am Brocken
Das Harz-Buch

Andreas Reiffer (Hg.): Die Wahrheit über Braunschweig

Frank Schäfer: Jagdszenen in Niedersachsen

Renate Stauf und Christian Wiebe (Hg.):
Märchenstadt und Parnass

B. Trinker (Hg.): Braunschweig schön trinken

www.verlag-reiffer.de